KB093341

몸과 여자들

이서수

몸과 여자들

이서수

소설

PIN

044

차례

PIN

044

몸과 여자들

이서수

1

저의 몸과 저의 섹슈얼리티에 대한 이야기를 해보려고 합니다. 이것은 실로 부끄러운 고백이어서 저는 단 한 번밖에 말하지 못할 것 같습니다.

그러니 가만히 들어주세요.

*

저는 1983년생입니다. 그런 탓에 이 사회가 여성의 몸에 얼마나 냉혹한 잣대를 들이댔는지 누구보다 잘 알지요. 물론 1959년생인 저의 어머니보

다야 훨씬 나은 환경 속에서 자랐지만, 작금의 젊은 여성들을 볼 때마다 부조리한 억압과 불평등에 짓눌려 살아왔음을 깨닫습니다.

저는 평생에 걸쳐 매우 마른 몸으로 살았지만 제 몸에 대한 타인의 평가에서 자유로웠던 것은 결코 아닙니다. 저 역시 몸 때문에 트라우마랄까, 피해의식을 늘 갖고 있었습니다. 지금부터 그것에 대해 말해보려고 합니다.

저는 어릴 때부터 팔이며 다리가 앙상할 정도로 말랐고, 얼굴에도 살이 별로 없었습니다. 저는 이런 제 몸을 아주 이른 나이부터 객관적으로 바라보기 시작했습니다. 스스로 깨달은 게 아니라 주변 사람들이 저에게 말해주었지요.

처음 저에게 그런 말을 했던 사람은 어머니의 친구들이었습니다. 어머니는 저를 데리고 다닐 때마다 자주 창피한 얼굴이 되곤 했는데, 어머니의 친구들이 저를 보며 죄다 똑같은 말을 했기 때문입니다.

세상에. 얘는 왜 이렇게 말랐어? 뼈밖에 없네. 누가 보면 굶기는 줄 알겠어.

어머니는 친척과 이웃에게서까지 그런 말을 자주 들어야 했고, 그때마다 자신의 치맛단을 붙들고 서 있는 여자아이를 난처하다는 표정으로 내려다보았습니다. 저는 저대로 어른들의 말을 알아듣기 시작하면서부터 제가 타인의 눈에 그렇게 보인다는 사실에 무척 놀랐습니다.

아이는 태어나는 순간부터 이 세상을 자신의 우주로 바라보고, 자신의 시선으로 해석하기 마련입니다. 그런 점에서 아이는 조물주와 같습니다. 모태 신앙의 경우는 다르겠지만, 절대적 존재에게 존경심을 갖추길 요구하는 환경이 아니라면 아이는 자신이 절대적 존재라고 착각하기 쉽습니다. 물론 그렇게 살다가도 유치원에 들어가거나 동네 아이들과 어울리며 자신이 조물주가 아니라는 사실을 깨닫긴 하지만요. 여하튼 저 역시 조물주의 시선으로 모든 것을 보던 시기를 벗어나 어른들의 말을 알아듣는 나이가 되면서, 제가 다른 사람의 눈에 말라빠져 보인다는 걸 깨닫게 되었던 것입니다.

어머니처럼 저 역시 그런 말을 들을 때마다 얼굴에 그늘이 내려앉았습니다. 그러나 어린아이의 얼굴에 내려앉은 그늘은 의외로 쉽게 발각되는 것이 아니라서 저는 오랫동안 그늘 속에 머물러 있었습니다. 제 몸에 대한 최초의 인식이 '불쌍할 정도로 말라빠진 몸'이라는 건 결국 이런 결론을 내리게 만들었습니다. 다른 사람들이 놀라고 걱정할 정도로 마른 몸을 가졌다면 필시 힘도 약할 게 틀림없고, 용기도 일절 없을 게 분명하니 앞으로 다른 사람들 등 뒤에 저의 몸을 가려서 조금이라도 더 많이 방어해야 잘 살아갈 수 있을 것이라고요.

그 뒤로 저는 발표력이 매우 부족한 아이로 평가받기 시작했습니다. 체육 시간엔 가장 느리게 달리는 아이로 지적받았고, 팔씨름을 가장 못하는 아이로 낙인찍혔습니다. 여자아이들 사이에서도 가끔 힘겨루기가 주요 이벤트로 떠오를 때가 있는데, 저는 같은 반 여자아이들 모두에게 팔씨름으로 완패를 당했고, 남자아이들과 붙어볼 기회조차 얻지 못한 상태로 반에서 가장 힘이 약한 아이로 낙인찍혔습니다.

그 뒤에 어떤 일이 벌어졌을까요?

저는 아이들로부터 괴롭힘을 당하기 시작했습

니다. 남자아이들은 툭하면 저를 밀치고 도망쳤고, 제가 힘없이 쓰러지는 모습을 보고 크게 웃었습니다. 여자아이들은 저에게 자기 숙제를 대신하라고 강요하거나, 제 물건을 강제로 빼앗아 갔습니다. 그렇게 하더라도 제가 힘이 약해서 저항하지 못할 거라고 생각한 거지요. 저는 일상적으로 반복되는 괴롭힘을 묵묵히 감내했습니다. 아무에게도 피해 사실을 말하지 않았습니다. 살이 찌기 전까진 이런 부당한 대우를 계속 받을 수밖에 없을 거라고 생각했습니다. 하지만 도저히 이해하기 힘든 일도 있었습니다.

제 앞자리에 앉은 민주라는 아이는 반에서 가장 뚱뚱했는데, 그 아이 역시 괴롭힘을 당했습니다. 그 아이는 저보다 힘이 훨씬 셀 텐데도 그런 괴롭힘을 당하는 게 처음엔 이상했습니다. 하지만 민주를 괴롭힐 땐 아이들이 저를 괴롭히지 않았기 때문에, 저는 민주가 괴롭힘을 당해도 잠자코 있었습니다. 그러다 민주가 홀로 울고 있을 때 조용히 다가가 민주를 위로해주었지요.

민주야, 울지 마. 울지 말고 나랑 놀자. 뭐 하고

놀까?

민주는 고개를 쳐들고 금세 미소가 번진 얼굴로 말했습니다. 우리 집에 갈래?

저는 얼결에 민주를 따라갔습니다. 민주의 집은 상가 건물 2층 구석에 자리한 작고 지저분한 곳이었습니다. 집에는 민주 아빠뿐이었습니다. 그는 러닝셔츠와 팬티 차림으로 욕실에서 이불 빨래를 하고 있었는데, 저를 보자 너무나 반가워하셨지요. 그러곤 과자와 탄산음료를 가져와 많이 먹으라고 하셨습니다. 민주는 얼른 과자 봉지를 잡아 뜯더니 한 움큼씩 집어 먹었습니다. 저는 민주가 살이 찌는 이유가 바로 이것이구나, 그런 생각을 하고는 민주를 따라 과자를 양껏 먹었습니다. 그리고 집으로 돌아가 모조리 게워냈습니다. 급하게 먹은 탓에 체하고 말았던 것입니다. 저는 사실 위장이 튼튼하지 못하여 한번에 많은 양을 먹거나, 조금이라도 급히 먹거나, 밀가루나 찬 것을 많이 먹으면 반드시 체했습니다. 그것이 제가 말라빠진 가장 큰 이유였습니다.

다음 날 저는 누렇게 뜬 얼굴로 학교에 갔습니

다. 그날따라 아이들이 몹시 친절했습니다. 저를 놀리고 괴롭히는 대신 민주를 괴롭히는 데 열중하고 있었기 때문입니다. 저는 민주가 자리 비운 틈을 타 아이들에게 말했습니다. 친절하게 대해준 아이들에게 보답하고 싶다는 이상심리에서요. 민주 집에 갔는데, 민주네 아빠가 집에 있다. 낮에도 집에 있다. 팬티와 러닝 차림으로 빨래를 하고 있다. 거기까지만 말했는데도 아이들은 듣기 싫다는 듯 귀를 막고 고개를 저었습니다. 어떻게 그런 일이 있을 수 있나 하는 표정으로 입술을 비죽 내밀고 몹시 짜증 난다는 표정을 지었습니다. 저는 제가 말한 이야기의 어떤 부분이 그들을 그렇게 만드는지 이해하지 못한 채로 민주의 집이 작고 지저분했던 것과 민주의 아빠가 민주와 똑같이 생긴 것에 대해서 말했습니다. 아이들은 짜증을 냈고, 나중엔 끔찍하다는 듯이 비명까지 내질렀습니다. 두 손으로 양 볼을 감싼 깜찍한 자세로요. 그건 진짜 비명이 아니라 가짜 비명이었습니다. 친구들에게 보여주려는 몸짓, 그만큼 자신은 민주가 싫다는 것이지요.

민주가 자리로 돌아오자 아이들은 민주를 놀리기 시작했습니다. 너희 아빠는 낮에 집에 있다며? 이불 빨래를 한다며? 그 당시 아이들은 이불 빨래는 엄마가 해야 한다고 굳게 믿었고, 낮에 집에 있는 아빠는 이상한 아빠라고 생각했습니다. 게다가 민주와 똑같이 생긴 아빠라니요. 세트로 놀림 받아 마땅한 부녀였던 것입니다. 끈질긴 아이들의 놀림에 민주는 울음을 터뜨렸고, 책상 위에 엎드려 고개를 들지 않았습니다. 오랫동안 그렇게 있었습니다. 하루 종일 그렇게 있었지만, 담임은 민주에게 아무것도 묻지 않았습니다. 저는 민주의 뒷모습을 보며 이 모든 건 민주가 과자와 탄산음료를 많이 먹어서 뚱뚱해졌기 때문이지, 내가 아이들에게 민주의 가족과 집에 대해 악의적으로 말해서가 아니라고 생각했습니다.

다음 날에도 아이들은 민주를 놀렸습니다. 지치지 않고 놀렸습니다. 아이들이 다른 곳으로 몰려간 틈을 타서 저는 민주에게 말했습니다.

민주야, 오늘 수업 끝나고 같이 놀래?

그러자 민주의 눈이 갑자기 환하게 빛나더니,

자기 집으로 가서 놀자고 말했습니다. 민주는 너무나 외로운 나머지 제가 어떤 말을 퍼뜨렸는지도 잊고 저를 집으로 초대했습니다. 저는 민주에게 사죄하는 마음으로 민주와 열심히 놀아주었습니다. 민주는 제가 아이들에게 한 말을 모른 척했고, 그런 일이 없었던 것처럼 행동했습니다. 저 역시 그렇게 행동했습니다.

그 뒤로도 저는 민주의 집에 계속 놀러 갔고, 괴롭힘을 당하는 아이들이라는 우리의 정체성을 잊고 신나게 놀았습니다. 그 순간엔 민주가 뚱뚱한 것도, 제가 지나치게 말라빠진 것도 아무런 걸림돌이 되지 않았습니다. 민주는 제 몸에 대해 말하지 않았고, 저도 민주의 몸에 대해 말하지 않았습니다. 그것 말고도 우리에겐 말할 거리가 아주 많았습니다. 주로 어떤 연예인을 좋아하는지, 그를 만나면 어떤 데이트를 할 건지에 대한 얘기를 나눴고 가끔 같은 반 남자아이들을 대상으로 순위를 매기곤 했습니다. 그들에게서 괴롭힘을 당한 적이 없었다는 듯, 다른 여자아이들처럼 부끄러워하는 표정으로 각자 인기 순위를 매기고 서로 비교해보

곤 했습니다. 그러고 나면 곧바로 평가로 이어졌
는데, 우리의 입으로 인기 많은 남자아이들을 난
도질하는 행위가 너무나 짜릿해서 집으로 돌아와
서도 혼자 배시시 웃곤 했습니다.

민주와 마지막으로 대화한 곳은 학교입니다.

책상 위에 엎드려 울고 있는 민주의 등을 보며
저는 생각했습니다. 이제 두 번 다시 저 애와 놀지
않겠다고요. 그날, 민주는 남자아이들이 돌린 쪽
지 속에서 잔인하게 유린당했습니다. 쪽지를 발견
한 담임은 그 자리에서 반 아이들에게 쪽지를 읽
어주었습니다. 민주와 제가 인기 순위를 매기며
난도질했던 남자아이들은 그 쪽지에서 민주에 대
해 이렇게 말하고 있었습니다. '김민주의 뚱뚱한
보지는 너나 가져. 나는 더럽고 냄새나서 싫다.'

그 쪽지엔 민주의 보지에 대한 욕이 길고 상세
하게 적혀 있었습니다. 요지는, 누구도 갖지 않겠
다고 선언하는 것이었습니다. 남자아이들은 그걸
로 일종의 연대를 만들어 저들끼리 웃고 짓까불고
있었습니다. 담임은 인상을 찌푸리며 더러운 욕설
을 계속 읽어 내려갔고, 갑자기 저의 이름이 나오

자 읽기를 멈추고 저를 쳐다봤습니다. 저는 간절한 눈빛으로 담임을 바라봤습니다. 불쌍할 정도로 말라빠진 제 몸이 도움이 되었던 걸까요? 어쩌면 그런 이유로 측은함을 얻었는지도 모르겠습니다. 저와 눈이 마주친 담임은 쪽지를 조용히 내려놓더니, 작성자들을 앞으로 나오게 했습니다. 그리고 손바닥을 펼치게 한 뒤 열 대씩 때렸습니다. 아주 세게 때렸습니다. 뼈가 부러지지 않을까 걱정될 정도로 힘껏 때렸습니다. 여자아이들이 놀란 소리를 냈습니다. 가장 인기 많은 남자아이 세 명이 크게 울음을 터뜨릴 때까지 손바닥을 맞는 동안 여자아이들은 민주를 노려봤습니다. 저 아이의 보지는 같은 여자가 봐도 지저분하고 갖기 싫다는 눈빛이었습니다. 저는 여자아이들의 눈빛과 담임의 붉어진 얼굴과 손바닥을 맞으며 울고 있는 남자아이들을 보며 오직 쪽지 생각만 했습니다. 담임이 읽지 않은, 나에 대한 욕은 무엇이었을까. 나의…… 보지에 대한 욕이었을까. 나의 말라빠진 보지도 저들은 갖고 싶어 하지 않았을까.

저는 그 뒤로 민주와 놀지 않았습니다. 저는 반

에서 혼자 노는 아이가 되었습니다. 그러나 외롭지는 않았는데, 민주 역시 혼자 노는 아이였기 때문입니다. 우리는 떨어져 놀면서도 서로를 강하게 의식했습니다. 우리의 적은 반 아이들 모두였습니다. 남자아이들뿐만 아니라 여자아이들까지도요.

그때 우리는 모두 열 살이었습니다.

새로 만난 반 친구들은 제가 따돌림당했던 아이라는 것을 몰랐지만, 제가 품고 있는 그늘은 은연중에 알았던 것 같습니다. 저는 저에게 다가오는 친구들의 저의를 의심했습니다. 불쌍할 정도로 말라빠진 몸을 가진 나를 좋아해줄 리가 없으니, 저들에게 무슨 꿍꿍이가 있을 거라고 생각했던 것입니다. 물건을 빼앗거나, 숙제를 떠맡기려고 친절하게 행동하는 거라고 의심했습니다. 하지만 시간이 흐르면서 경계심을 차츰 풀게 되었는데, 아이들의 관심은 이제 반에서 가장 조숙한 몸을 가진 보희에게 집중되어 있었기 때문입니다.

보희는 민주와 달랐습니다. 보희는 키도 덩치도 어른만 했고, 말랐다고 할 수는 없지만 결코 뚱뚱

하다고 할 수도 없었습니다. 보희의 몸은 우리가 함부로 놀릴 수 없는 몸이라는 것을 모두가 알았습니다. 척 보기만 해도 알 수 있었습니다. 심지어 담임과 나란히 서 있을 때도 보희의 몸이 더 어른스러워 보인다고 우리 모두 생각했으니까요. 자연히 아이들은 보희에게 거리를 두기 시작했습니다. 저 역시 그랬습니다. 그때까지도 여전히 말라빠진 여자애였던 저는 보희 옆에 바투 서는 실수를 해서 더욱 볼품없이 마르고 왜소한 여자애로 인식되고 싶지 않았습니다. 보희 역시 그런 우리에게 적당히 거리를 두면서도 한 번씩 다가오기도 했는데, 대부분 자신의 비밀을 알려주면서 친분을 강요했습니다. 가령 이런 식이었죠.

나 오늘 몸이 불편해. 보희가 제 팔을 잡아끌더니 한다는 말이 몸이 불편하다는 것이었습니다. 그건 몸이 아프다는 것과 명백히 다른 말이라는 걸 알았습니다. 그날 우리는 체험학습을 하러 나갔는데, 수석 전시관에 들어가 선반 위에 일렬로 놓여 있는 돌맹이를 강제로 들여다봐야 하는 날이었습니다. 보희는 제 팔을 잡아끌더니 연이어 말했습니다. 난 오늘 이런 데 오면 안 돼. 쉬어야 돼. 저는 보희에게 왜 그런 말을 하는지 물었습니다. 그러자 보희가 제 귀에 대고 이렇게 속삭이는 것이었습니다. 나 지금 멘스하거든.

저는 멘스라는 단어의 뜻을 자세히는 몰랐지만 꽤 은밀한 단어라는 것은 알고 있었습니다. 여자 어른들만 쓰는 단어라는 것도요. 그런데 보희가 그 단어를 마치 자기 것처럼 쓰는 걸 보고 저는 무척이나 놀랐습니다. 보희는 몸만 어른 같은 것이 아니라 이미 어른이구나, 그런 생각이 얼핏 스쳤습니다. 얼마 전 수업 시간에 한 아이가 담임에게 멘스가 뭔지 물었고, 담임은 당황하는 기색 없이 곧바로 칠판에 둥그런 것을 그리더니 이 안에 아기가 생기는데, 아기를 안전하게 보호하기 위해 피가 차는 것이다. 한 달에 한 번 그 피가 몸 밖으로 나오는데 그걸 멘스라고 부른다. 그렇게 아무렇지 않은 얼굴로 설명하더니 다시 교과서를 읽기 시작했습니다. 아이들 역시 충격받은 얼굴과 아무것도 이해하지 못한 얼굴을 숨기고 함께 교과서를 읽어 내려갔습니다. 그 기억이 불현듯 떠오르며,

멘스라는 단어의 출현이 바로 보희에게서 비롯되었다는 걸 뒤늦게 깨달았습니다.

보희는 제 얼굴을 뚫어지게 쳐다보았습니다. 저에게 멘스 중이라는 것을 알린 그 애는 제 곁에 붙어 서서 저를 빤히 쳐다보았습니다. 제 얼굴은 점점 붉어졌습니다. 보희는 저렇게 빨리 어른이 되었는데, 나는 아직까지도 말라빠진 어린애구나. 그런 생각에 수치심을 느꼈습니다. 보희는 저에게 멘스를 하는지 묻지 않았고, 언제쯤 할 것 같으냐고도 묻지 않았습니다. 정말이지 아무런 말도 없이 제 얼굴과 몸을 훑어보았습니다. 저는 점점 몸이 작아지는 기분이 들었고, 끝내 기체가 되어 사라질 것만 같았습니다. 그제야 보희는 저에게 말했습니다. 다른 애들한텐 비밀로 해줄래?

저는 그날 집으로 돌아가자마자 어머니에게 물었습니다. 엄마, 멘스가 뭐야? 어머니는 당황한 얼굴로 그걸 어디서 들었느냐고 물었습니다. 저는 반에서 가장 덩치가 큰 보희라는 아이가 멘스를 하고 있다고 답했습니다. 그래서 몸이 불편하대. 근데 멘스가 뭐야? 어머니는 제 얼굴을 빤히 쳐다보았습니다. 어쩐지 보희가 저를 보던 눈빛과 비슷했습니다.

넌 아직 몰라도 돼.

저는 큰 충격을 받았지만 내색하지 않았습니다. 보희는 저와 동갑이고 엄마는 어른인데, 보희와 엄마는 큰 비밀을 공유하고 있고, 저는 그들에게 아무것도 아닌 존재가 된 것 같은 기분이 들었습니다. 말하자면, 여자가 아닌 존재 말입니다.

다음 날 학교에 간 저는 보희부터 찾았습니다. 보희는 맨 뒷자리에 앉아 머리를 빗고 있었습니다. 아무리 봐도 어른처럼 보이는 보희는 멘스까지 하고 있으니 더욱 범접할 수 없는 존재 같았습니다. 보희가 어른이 될 동안 나는 무얼 했나. 저는 왠지 모르게 억울한 마음이 들어 아이들에게 귓속말을 하기 시작했습니다. 보희 지금 멘스한대. 그러나 아이들의 반응은 제가 기대했던 반응이 아니었습니다. 아이들은 전혀 놀라지 않았습니다. 너한테도 말했구나, 그런 표정이었습니다. 그제야 저는 보희가 저뿐만 아니라 다른 아이들에게도 멘스 중이라는 사실을 말하고 다녔다는 걸 깨달았습니다. 우리는 눈치로 그걸 알아채고, 의기투합하여 보희를 욕했습니다.

재는 일부러 멘스한다고 말하고 다니는 거 같지?

맞아.

재는 우리를 깔보는 거야. 자기는 멘스하니까 어른이라는 거지.

맞아.

근데 너희들, 보희한테서 이상한 냄새 나지 않아?

맞아. 멘스 냄새겠지?

우리는 보희를 돌아보며 계속 소곤거렸습니다. 소곤거리다가 웃고, 보희를 돌아보다가 다시 소곤거리길 반복했습니다. 그러자 보희는 손에 들고 있던 빗을 내려놓고 우리를 빤히 쳐다보았습니다. 자길 욕하고 있다는 걸 알아챈 표정이었습니다.

보희가 의자에서 일어나더니 우리를 향해 걸어왔습니다. 우리는 말을 멈추고 보희가 무슨 말을 할지 기다렸습니다. 보희는 우리를 천천히 둘러보더니 미소를 짓고 교실 밖으로 걸어 나갔습니다.

아무런 말 없이, 눈물 한 방울 보이지 않고요.

보희의 의연한 태도에 놀란 저는 보희가 저토록 태연할 수 있는 건 보희의 어른스러운 몸, 멘스를 하는 몸에서 솟아 나오는 용기 때문일 거라고 생각했습니다. 그렇게 생각하지 않으면 보희가 견딜 수 없이 밉고, 저의 볼품없이 마른 몸이 더욱 미울 것 같았습니다. 멘스를 하지 않는 저의 몸을 경멸할 것 같았습니다.

그때 우리는 모두 열한 살이었습니다.

여중에 입학했을 때, 앞으론 매우 건전한 분위기가 형성될 것이라는 기대를 품었습니다. 저는 그때까지도 여전히 불쌍할 정도로 비쩍 마른 여자애였지만, 여중에 가면 몸에서 해방되어 비로소 평화가 도래할 것이라고 굳게 믿었습니다.

저의 바람은 얼마 지나지 않아 산산이 깨지고 말았습니다. 중학생이 된다는 건 이차성징이 나타나는 시기가 도래했다는 의미라고, 갑자기 어른들이 입 모아 말하기 시작했습니다. 그걸 몰랐던 건 아니지만, 그게 모두에게 절대적으로 일어나는 일로 믿어지고 있을 줄은 몰랐습니다.

저는 비쩍 마르고 왜소한 몸이었기에 이차성징이 나타나려면 한참 기다려야겠구나, 어쩌면 영영 나타나지 않을지도 모른다는 두려움을 남몰래 키우면서도 겉으론 절대로 내색하지 않았습니다. 공부에만 관심 있는 모범생인 척하면서 이차성징따위엔 눈곱만큼도 관심을 내비치지 않았습니다. 그러나 여학교는 저의 예상과 달리 성에 대한 관심이 매우 높은 곳이었습니다. 아이들은 수시로 서로의 가슴 크기를 비교하고, 첫 키스 경험이나 생리 경험을 나누었는데, 당연히 저는 그런 대화에서 배제되었습니다. 저의 가슴은 여전히 납작했고, 초경은 할 기미도 보이지 않았습니다. 저는 아이들 사이에서 입을 다무는 시간이 길어졌고, 괜스레 바쁜 척 자리를 피했습니다.

어느 날, 제 짝이 저에게 말했습니다. 나 생리통 때문에 배가 너무 아파.

저는 생리통이 얼마나 큰 통증인지 몰랐기에 적절한 대답을 찾지 못해 망설였습니다. 제가 아무런 말도 하지 않자 짝이 저에게 물었습니다. 너도 생리하지? 저는 순간적으로 거짓말을 할까 망설이다가 결국 하지 않았습니다. 아직 안 해.

왜 안 해?

모르겠어.

그거 이상한 거 아니야? 왜 아직도 초경을 안 하지?

저는 어떻게 대답해야 할지 몰라 입을 다물었습니다. 얼굴이 점점 달아올랐습니다.

우리 반 애들 거의 다 초경을 했는데 너는 아직도 안 한 거야?

저 역시 알고 있는 사실이었지만 그런 말을 직접 들으니, 제가 중학교 교실에 앉아 있으면 안 되는 존재인 듯 느껴졌습니다. 차라리 초경을 하지 않는 여자아이들이 많았던 초등학교 교실로 돌아가고 싶은 심정이었습니다.

아직 안 하지만, 아마 곧 할 거야.

짝은 저를 의심스럽다는 듯이 쳐다봤습니다. 곧 할 거라니요. 그건 저도 절대로 확신할 수 없는 일이었지만 믿음을 담아 다시 말했습니다. 곧 할 거야. 짝은 그제야 시선을 거두더니 배가 아프다며 교과서에 얼굴을 묻고 엎드렸습니다.

　수업이 끝나고 집으로 돌아와 곧바로 이불 속으로 기어들어 갔습니다. 도대체 왜 나는 아직도 초경을 하지 않나. 그러나 이미 이유를 알고 있었습니다. 저는 어릴 때부터 볼품없이 마른 몸이었으니 초경을 하는 기관 역시 그럴 게 틀림없었습니다. 볼품없이 왜소하니 제때 시작해야 하는 초경을 하지 못하고 있는 것입니다. 저는 제 몸을 탓했습니다. 왜 살이 찌지 않을까. 왜 이차성징이 나타나지 않을까. 이대로 영원히 가슴이 커지지 않으면 어쩌나. 그래도 누가 나를 좋아해줄까. 결혼은 할 수 있나. 애인은 만들 수가 있나. 아무도 나를 사랑해주지 않겠지. 여자인 줄도 모르겠지. 그렇지만 나는 여자인데. 가슴이 커지지 않고 생리도 하지 않으니 여자가 아닌 건가. 그런 고민을 한 달 가까이 밤낮으로 했습니다. 하지만 겉으론 누구에게도 내색하지 않았습니다. 늘 교과서에 밑줄을 치고, 문제집을 펼치는 모범생으로 지냈습니다. 마음속에 어떤 고뇌가 있는지 아무도 모르게 했습니다. 담임이 고민을 적어 내라고 반 아이들 모두에게 강요할 때, 당연히 진짜 고민을 적은 아이는 아무도 없겠지만 저 역시 늘 거짓 고민을 적었습니다. 수학이 어렵게 느껴져서 고민이 됩니다. 저는 빠른 속도로 수포자가 되었습니다. 저에게 수학은 초경을 하지 않고 가슴이 커지지 않는 저의 몸만큼이나 불가해한 것이었습니다.

어느 일요일 아침, 저는 아랫배가 아파서 화장실에 갔다가 팬티에 묻은 혈흔을 목격했습니다. 그것은 매우 소량이었고, 붉은색이 아니라 갈색에 가까웠습니다. 저는 그걸 보고도 기다리던 초경이라는 생각을 하지 못했습니다. 방으로 돌아와 죽을병에 걸린 건 아닌지 사색이 되어 서성였습니다. 피는 붉은색인데, 팬티에 묻는 건 갈색이고, 그렇다면 이건 초경이 아니라 다른 것이라는 생각이 들었습니다. 초경이 아니라 이상한 물질이 제 몸에서 나온 거라고 생각했습니다. 차라리 초경을 하지 않던 몸이 그리워질 지경이었습니다. 저는 어머니에게 가서 사실대로 말했습니다. 어머니는 반색하는 얼굴로 저를 돌아보았습니다.

드디어 생리를 시작했구나. 이제부터 몸조심해

야 돼.

왜 조심해야 하는데?

어머니는 난처한 표정을 짓다가 이내 슬픈 표정이 되었습니다. 이제부터 남자를 조심해야 돼. 거리를 둬야 해. 저는 왜 그래야 하는지 물었고, 어머니는 끝내 답해주지 않았습니다.

저는 짝으로부터 왜 초경을 하지 않는지 추궁을 당하고 정확히 한 달 뒤에 초경을 했습니다. 저는 초경을 했다는 사실을 알리기 위해 일부러 책상 위에 생리대를 올려두거나, 아프지도 않은 배가 아프다고 말하며 책상 위에 엎드려 있었습니다. 짝은 초경을 하지 않는 저를 다그칠 때와 달리 초경을 하는 제게 아무런 관심도 보이지 않았습니다. 저는 그런 짝이 너무나 얄미웠습니다.

생리를 시작하고 나서도 저의 가슴은 여전히 아무런 변화의 기미를 보이지 않았습니다. 멍울이 잡히고 통증이 있긴 했지만 미미한 정도였고, 가슴은 거의 부풀어 오르지 않았습니다. 그러나 이차성징에 대한 교육을 받을 때마다 가슴이 부풀어 오른다는 말을 반복적으로 들었기에 저의 마음은 더욱 조급해지기 시작했습니다. 반 친구들의 가슴이 점점 커지는 것을 보며, 아무런 반응이 없는 제 가슴을 원망했습니다. 제 몸이 친구들의 몸과 비슷하게 성장하지 않고, 심지어 교과서에 나온 설명대로 변화하지도 않았기에 저는 매우 크게 좌절했습니다.

지금에서야 그런 생각이 듭니다. 이차성징의 속도는 저마다 다른 법인데 그땐 왜 그렇게 조급해했을까. 아마도 또래와 함께 온종일 생활하는 환경 속에서, 성교육조차 주입식으로 이루어지는 상황에서 개개인의 속도 차이를 떠올리기는 어려웠을 것입니다. 차이가 차별이 되어선 안 된다는 생각을 조금이라도 할 수가 없었겠지요. 무엇보다 그 시절에 우린 서로의 몸에 대해 너무나 많은 말들을 했고, 그 내용의 대부분이 지적이나 질투였고, 칭찬받아 마땅한 몸은 언제나 하나로 정해져 있었기에 다른 몸은 도무지 생각할 수가 없었던 것입니다.

올바른 하나의 몸. 올바르지 못한 그 밖의 여러 가지 몸.

지나치게 마르거나 뚱뚱한 몸.

지나치게 조숙하거나 어린 몸.

몸은 이렇듯 언제나 이것 아니면 저것으로 구별되었고, 저는 말라빠진 몸을 갖고 더디게 오는 이차성징을, 나만 지나치고 가버린 이차성징을 기다리느라 목이 빠졌습니다. 그 시절 저의 고민은 성적이 아니라 작은 가슴이었습니다. 성적은 제가 어떻게 해볼 수가 있는 것이었지만, 주민등록증을 발급받고서도 여전히 납작한 제 가슴은 어떻게 해볼 수가 없었으니까요. 그런 고민 속에 저의 10대가 지나갔습니다.

수능시험이 끝나고 친구의 주선으로 소개팅을 했지만, 그 남학생과는 잘되지 않았습니다. 저처럼 수줍음이 많은 남학생이었습니다. 그 애는 제가 자기를 마음에 들어 하지 않는 게 분명하다며, 그렇다면 자기 친구를 만나보는 게 어떻겠냐고 했습니다. 정말 이상한 말이지요. 자기 대신 친구를 사귀라니요. 저는 그때까지 상대방이 요구하는 걸 거의 거절해본 적이 없었는데, 그때 처음으로 거절이란 것을 해봤습니다. 문자로 이렇게 말했지요.

─저기 있잖아. 나는 너의 마음을 이해할 수가 없어. 나를 좋아한다면서 어떻게 친구를 만나보라고 권할 수가 있니. 혹시 내가 마음에 들지 않아 그러는 거라면 그렇다고 말하는 게 나아. 이건 좀 이상한 것 같아.

　그러자 그 남학생은 곧바로 답문을 보내는 것이었습니다.

　─미안해. 정말 미안해. 내가 미처 거기까진 생각을 못 했어. 내가 했던 말은 못 들은 것으로 해줘.

　그러나 그건 더 이상한 말이었습니다. 이미 들은 말을 못 들은 것으로 해달라니요. 저는 그 남학생이 어울리던 무리를 떠올렸습니다. 인근 남고에 다니는 다섯 명의 남학생들이었지요. 그들이 저를 두고 어떤 말을 했을지 짐작이 갔습니다. 그 여자애가 너한테 미지근하게 군다는 거지? 걔는 그다지 예쁘지도 않으면서 왜 그렇게 비싸게 구는 걸까. 차라리 내가 만나서 어떻게 해볼까? 저의 상상력은 자꾸만 이런 방향으로 내달렸습니다. 저를 두고 어떤 말을 했기에, 저를 어떻게 보았기에 그런 결론을 내린 것일까, 하고요.

*

대학교. 아, 그곳을 어떻게 표현해야 할까요. 여중, 여고를 다니다가 남녀공학 대학교에 입학한 저는 정글 한가운데 뚝 떨어진 기분이 들었습니다. 사방에 리비도가 넘치는 남녀 학생들이 포진해 있었고, 그들의 은밀하거나 짐짓 모른 체하는 눈빛을 읽어내는 것만으로도 어지러울 지경이었습니다. 그 와중에도 남학생들의 눈에 제가 그다지 매력적인 여성으로 보이지 않을 거라는 믿음이 있었는데, 납작한 가슴과 말라빠진 몸이 원인일 것이라는 생각을 다시금 했습니다. 10대 시절을 끝내고 20대로 접어든 시점에서도 저의 몸은 여전히 말라빠진 상태였고, 가슴도 거의 부풀지 않았습니다. 자세히 보면 부풀었다는 걸 알 수 있지만 언뜻 보면 등판이나 다름없는 상태였고, 사복을 입으면 더욱 볼품없어 보였습니다. 저는 제 가슴이 저의 미래를 배신하고 있다고 생각했습니다. 이렇게 하자 있는 가슴으로 어떻게 정상적인 연애가 가능할지 걱정되었습니다. 그 시기는 제가 10대였던 시절보다 올바른 몸매의 사회적 기준이 더욱 확연히 드러나는 때였습니다.

사회적 기준이라는 말은 참 이상하지요. 그러나 그땐 여성의 아름다운 가슴에 대한 기준을 개인이 아닌 사회가 제시하는 듯했습니다. 저는 그렇게 느꼈습니다. 어딜 가나 가슴이 동그랗게 솟아오른 여자들이 등장하는 광고판, 광고 지면이 널려 있었으니까요. 대놓고 글래머가 되어야 한다고 말하는 분위기는 아니었지만―훗날 '베이글녀'라는 단어가 등장한 뒤엔 그렇게 된 것 같습니다만― 저는 사회가 여성의 가슴 크기에 상당한 관심을 기울이고 있다고 느꼈습니다. 이때 사회라는 것은 사회의 구성원을 가리키는 말이 될 수 있고, 저와 함께 수업을 듣는 동기와 선후배로 귀결될 수도 있습니다. 저는 그들이 저의 가슴을 평가하리라고 생각했습니다. 그것도 아주 냉혹하게 평가하리라고 생각했습니다.

제가 망상에 빠졌던 걸까요? 그 시절, 저는 사람들이 제 가슴만 보는 것 같았습니다. 마주 앉아 대화를 할 때도 그들의 시선이 제 밋밋한 가슴을 스치는 것 같았고, 지하철이나 버스를 타도 낯선 승객이 제 가슴에 시선을 두는 것 같았습니다. 어떻게 저렇게 가슴이 작을 수가 있지. 게다가 저렇게 볼품없이 말라빠진 몸이라니. 속옷 가게에 가서 뽕이 잔뜩 들어간 브래지어를 구매하는 건 당연한 수순이었습니다. 제가 구입한 브래지어는 딱딱한 컵이 위로 불룩 솟은 것이었는데, 손가락으로 꾹 눌러도 컵이 찌그러지지 않았습니다. 그걸 입으니 가슴에 철갑을 두른 것처럼 불편했지만, 저는 거의 매일 그걸 착용하고 다녔습니다. 사실 저에겐 갑옷이었습니다. 작은 가슴에 대한 비난으로부터 보호해줄 갑옷이었던 것입니다.

첫 데이트를 하던 날에도 저는 그 브래지어를 입고 나갔습니다. 상대는 동기의 소개로 만난 남학생이었습니다. 저는 외출하기 전 거울 앞에 비스듬히 서서 인위적으로 솟아오른 가슴을 몇 번이나 쳐다봤습니다. 아무리 봐도 부자연스러운 모양이었지만 어쩔 수가 없었습니다. 뽕브라를 착용하지 않으면 저의 가슴이 너무 작다고 생각할 게 분명했으니까요.

몇 번의 데이트를 거쳐 정식으로 사귀는 사이가 되었을 때, 제 고민은 다시 시작되었습니다. 키스를 거쳐 애무 단계로 진입하려는 애인의 손을 자꾸만 밀쳐냈지요. 그에게 뽕브라를 들키고 싶지 않았기 때문입니다. 결국 그는 토라졌고, 제가 자신을 사랑하지 않는 거라고 말하기 시작했습니다. 지금은 그게 터무니없는 수작이라는 걸 알지만, 그땐 그가 정말로 상처를 받았다고 생각했습니다. 그래서 어느 날, 한 시간 동안 지속된 키스 끝에 그가 제 몸을 만지도록 그냥 내버려두었습니다. 그의 손이 딱딱한 뽕브라에 닿는 건 시간문제였죠. 그러나 저는 뽕브라를 들키는 한이 있더라도 그 안에 잠들어 있는 밋밋한 가슴만은 들키고 싶지 않았습니다. 어쩌면 그는 여자의 속옷에 대해, 특히 뽕브라에 대해 전혀 모를 수도 있다고 기대하면서요. 그러나 그는 뽕브라를 정확히 알고 있었습니다. 저의 가슴 위에서 손이 멈춘 그가 갑자기 큰 소리로 외쳤습니다.

어! 너 뽕브라였어?

저는 순식간에 얼굴이 붉어졌습니다.

너 정말 뽕브라를 하고 나온 거야?

그는 갑자기 크게 웃기 시작했습니다. 그러더니 저를 빤히 쳐다보았습니다. 그 눈빛은 제 예상과 달리 매우 반짝거리고 있었습니다.

나한테 잘 보이려고 이걸 입고 나온 거란 말이지?

그는 저를 아주 사랑스럽다는 듯이 쳐다보았습니다. 그 순간, 저는 우주에서 지구로 곧장 날아온 혜성에 머리를 정통으로 맞은 기분이 들었습니다. 뽕브라를 하고 나온 나를 사랑스럽다는 눈빛으로 봐주는 이 사람을 어떻게 사랑하지 않을 수가 있겠습니까?

저는 그대로 그에게 안겼습니다. 그가 하는 대로 내버려두었습니다. 그날 그는 저의 상반신을 구석구석 다 만져보았습니다. 그는 제 가슴이 작다는 말을 하지 않았습니다. 저는 그가 그런 말을 하지 않을 거라는 믿음으로 그에게 애무를 허락했고, 그 순간만큼은 그가 저를 많이 사랑하고 있다고 강하게 확신했습니다. (그런 강한 확신은 그날 이후로 단 한 번도 찾아오지 않았습니다.) 우리는 두 시간 가까이 서로를 애무했지만, 섹스는 하지 않았습니다. 그가 요구하지 않았고, 저는 제가 섹스를 원하는지 원하지 않는지 모르는 상태였습니다.

그걸 꼭 알아야 하나? 저는 그런 마음이었습니다. 제가 섹스를 원하는지가 중요한 게 아니라 그가 섹스를 원하는지가 중요했습니다. 만일 그가 섹스를 원한다면 할 의향이 약간 있었지만, 마음 한구석에선 그가 원하지 않기를 바랐습니다. 이 말은, 제가 섹스를 원하지 않았다는 것과 같겠지요. 그러나 그땐 저의 마음을 깊게 들여다보지 않았습니다. 애인이 섹스를 요구할 경우 거절할 수 있다는 말을 누구도 해주지 않았고, 주변에서도 첫 섹스를 애인의 강압으로 한 친구들이 있었기에 저 역시 그런 절차를 밟을 거라고만 생각했습니다. 이상한가요? 여러분, 2001년은 지금처럼 인터넷 사이트에 온갖 상세한 지식과 깊이 공유된 고민이 넘쳐나는 시대가 아니었습니다. 친구의 빈약한 조언이 거의 전부인 시대였고, 피임약을 남들 눈치 보며 먹는 시대였습니다. 콘돔을 사지 못해 애인이 자발적으로 사 오길 기다려야 하는 시대였습니다. 그런 상황에서 한 여성이 남성 애인의 결정으로 섹스를 하게 되고, 하지 않게 되는 것은 당연한 절차가 되어버렸던 건지도 모르겠습니다.

어느 날부턴가 저의 마음속에서 불편하다는 생각이 피어오르기 시작했습니다. 애인이 저에게 섹스를 요구하는 순간마다 그런 마음이 치솟아 올랐습니다. 그는 자꾸만 제 바지를 벗기려 했고, 치마 속으로 손을 집어넣으려 했습니다. 저는 그때마다 잔뜩 긴장해서 몸을 움츠렸고, 그의 손을 밀쳐냈습니다. 그는 화를 내고 애원했습니다. 하루는 그의 손이 끈질기게 저의 몸을 더듬으려고 해서 저는 여러 차례 강하게 밀어내길 반복했는데, 화가 난 그가 저의 양 손목을 꽉 붙들고 꼼짝도 못 하게 하더니 제 몸을 만지려고 했습니다. 저는 비명을 내질렀죠. 저도 모르게 살려달라고 외쳤습니다. 그러자 그가 행동을 멈추더니 저를 빤히 쳐다보는 것이었습니다. 그리고 이렇게 말했습니다.

너 혹시 안 좋은 일 당한 적 있어?

저는 그를 빤히 쳐다봤습니다. 이게 무슨 말이지. 순간적으로 그의 말을 이해하지 못하다가 나중에야 이해했습니다. 그는 제가 과민하게 반응하는 이유가 성폭력을 당한 경험이 있어서인지도 모른다고 짐작했던 것입니다. 저는 머릿속을 뒤져볼 것도 없이 성추행을 당했던 기억이 주르륵 떠올랐습니다.

한 여성이 성추행을 당한 경험이 있다고 고백하는 것은 전혀 특별한 일이 아닙니다. 오히려 그런 경험이 없는 것이 특별한 일이죠. 저는 애인에게 그렇다고, 그런 경험이 있다고 고개를 끄덕이는 대신 고개를 가로저었습니다. 왜 그랬는지는 저도 모르겠습니다. 다만 그에게 그 많은 불쾌한 일들에 대해 어떻게 말해야 하나, 이건 마치 여성으로서의 역사 전체를 설명해달라는 요구인데, 하는 생각에 깊은 피로감을 느꼈을 뿐입니다.

그는 저의 얼굴을 빤히 쳐다보더니 마침내 손목을 놔줬습니다. 저는 그날 그가 힘으로 저를 제압할 수 있다는 걸 처음으로 깨달았습니다. 그리고 그 일은 제 마음속에 무의식적인 공포심을 남겼습니다.

그는 점점 더 집요해지기 시작했습니다. 제가

섹스를 거부한다고 거의 매일 화를 냈습니다. 저는 친구들에게 고민을 털어놓았지만, 그녀들은 이미 첫 섹스를 한 뒤였기에 저의 고민을 깊게 생각해주지 않았습니다. 제가 갖고 있는 공포심의 정체가 무언지 아무도 설명해주지 못했습니다. 저 역시 저의 마음을 이해할 수 없었습니다. 그를 사랑하고, 그와 섹스를 해도 괜찮은 것은 맞지만 섹스를 꼭 해야 하나, 라는 의문이 저를 괴롭혔습니다.

저는 저의 몸을 그대로 두고 싶었습니다. 아무것에도 사용하고 싶지 않았습니다. 이상한 말인가요? 그러나 저는 그러고 싶었습니다. 저는 저의 몸을 섹스에 사용하고 싶지 않았습니다. 저는 그 행위를 제 몸이 사용당하는 행위라고 내심 생각하고 있었지만, 왜 그런 생각이 드는지는 밝혀낼 수가 없었습니다. 친구는 제가 볼품없이 마른 몸을 갖고 있다는 걸 근거로 영양학적으로 균형이 맞지 않은 상태라면 성욕이 결핍될 수 있다는 제법 그럴듯하고 어른스러운 의견을 내놓았습니다. 저는 그때까지도 왜소하고 비쩍 마른 몸을 갖고 있었는데, 바로 그 점이 성욕 결핍의 원인이라는 것이었습니다. 친구는 섹스를 거부하는 저를 비정상상태로 규정했습니다.

어느 날, 그가 한낮에 저를 지하철역으로 불러냈습니다. 왜 그곳으로 불러냈는지 전혀 모르는 채로 그를 만나러 갔습니다. 그는 저를 보자마자 인상을 찡그렸는데, 무척 화가 난 상태라는 것을 멀리서 봐도 한눈에 알 수 있었습니다. 어쩌면 제가 원하지 않는 일이 벌어질지도 모른다는 걸 예감하면서도 그를 향해 걸어갔습니다.

왜 이렇게 늦게 왔어?

그리 늦지도 않았는데 그는 제가 늦게 왔다며 화를 냈습니다. 그는 밤새 한숨도 자지 못한 얼굴이었습니다. 저는 그의 시선을 피해 딴 곳만 쳐다봤습니다. 그는 저에게 갈 곳이 있다고 했습니다. 어디냐 물어도 아무 대답 없이 저의 손목을 잡고 출구 쪽으로 걸어갔습니다. 저는 계속 어디로 가는 거냐고 물었고, 그는 마침내 모텔, 이라고 답했습니다. 저는 그의 손을 뿌리쳤습니다. 그리고 집으로 돌아가려고 발길을 돌렸습니다. 그러나 걸음을 떼자마자 강한 힘에 의해 힘껏 떠밀렸습니다.

바닥으로 처박힐 뻔한 상황에서 가까스로 균형을 잡고 돌아보니, 잔뜩 화가 난 그가 제 뒤에 서 있었습니다. 그가 저의 등을 들이댄 떠민 것입니다.

제가 입을 열기도 전에 그가 다시 저를 출구 쪽 계단으로 힘껏 떠밀었습니다. 주변에 행인들이 많았지만 그는 전혀 개의치 않고 저를 짐짝처럼 밀기 시작했습니다. 저는 비명을 지르면서 그에게 떠밀려 계단을 억지로 걸어 올라갔습니다. 도중에 몸을 돌려세우면 그가 다시 저를 힘껏 떠밀었기 때문에, 저는 계단 모서리에 얼굴을 박을 뻔한 상태에서도 다시 벌떡 일어나 계단을 올라가야 했습니다. 그렇게 저는 역에서 멀지 않은 모텔 입구까지 그에게 떠밀려서 갔습니다. 그는 제가 소리를 지르고, 왜 이러냐고 묻고, 그만하라고 말해도 제 말이 전혀 들리지 않는 것처럼 행동했습니다. 저를 사람이 아니라 짐짝처럼 대했습니다. 행인들은 아무도 관심을 기울이지 않았습니다. 마침내 모텔 입구 앞에 선 그가 말했습니다.

내가 아무리 생각해봐도 네가 왜 나를 거부하는지 모르겠어.

저는 그저 싫다고 고개만 저을 뿐 왜 싫으냐는 말에 대답은 하지 못했습니다. 그는 모텔 문을 열더니, 저의 팔을 힘껏 잡아당겼습니다. 저는 카운터 앞까지 끌려갔습니다. 작은 창구 너머로 아주머니의 단조로운 목소리가 들려왔습니다. 대실이에요? 그가 얼른 그렇다고 대답하며 지갑을 열어 돈을 건네주고, 키를 받았습니다. 그는 저를 엘리베이터 안으로 끌고 들어가더니 버튼을 누르고 기다렸습니다. 그러는 동안 그는 한마디도 하지 않았습니다.

저는 포기했습니다.

제 몸이 왜 섹스를 원하지 않는지 생각하길 포기했습니다. 어쩌면 이런 생각을 하는 것부터가 잘못이라는 생각이 들기 시작했습니다. 모든 연인 관계는 정확한 진도에 맞춰 앞으로 나아가기 마련인데, 제가 미지의 이유로 섹스를 거부한 것이 잘못된 태도라는 생각마저 들었습니다. 실은 뭐가 잘못되었는지 생각하지 않고 그냥 다 포기해버리고 싶은 마음뿐이었지만요.

손목시계를 보니 10분이 채 지나지 않았다는

걸 알 수 있었습니다. 저는 모든 걸 포기하고 시체처럼 반듯하게 누워 있었기에, 사실 섹스를 했다고 말할 수 없는 상태였습니다. 저는 가만히 있었고, 그가 몸을 움직였습니다. 저는 제 몸과 저를 분리시켰고, 그가 몸을 움직였습니다. 저는 그와 만들었던 좋은 추억을 떠올리려 노력했지만 실패했고, 그는 계속 몸을 움직였습니다. 물리적 시간은 10분 남짓이었지만, 저의 정신은 10년 넘게 지저분한 모텔방을 떠돈 것처럼 지쳐 있었습니다. 그러는 동안 저는 가랑이가 찢어질 것 같은 고통을 참으며 이런 통증에 대해 미리 알려주지 않은 친구들을 내내 원망했습니다.

다 끝난 거야? 저는 그렇게 물었습니다. 해선 안되는 말이었다는 걸 곧바로 깨달았습니다. 잡지에서 본 말들이 떠올랐습니다. 정말 좋았어. 다시 태어난 느낌이야. 우리의 사랑이 더욱 깊어진 것 같아. 그런 말들을 해야 했는데, 저는 다 끝난 거냐고 물어버렸습니다. 그는 아무런 대답이 없었습니다. 천장을 바라보며 가만히 누워 있기만 했습니다. 이 지리멸렬한 전쟁을 치르고 마침내 승전했노라고 외쳐야 함에도 그 역시 지쳐버린 것 같았습니다. 저는 문득 이런 생각이 들었습니다. 어쩌면 그는 자신의 몸이 왜 저와의 섹스를 원하는지 깊게 생각해보지 않은 것일 수 있다고요. 어쩌면 그는 굳이 제가 아니더라도 누군가와 섹스가 너무나 하고 싶었고, 마침 제가 애인이기에 그 욕구를 해소한 것인지도 모른다고요. 그러지 않았다면 왜 섹스를 거부하는 애인을 짐짝처럼 밀어서 남루한 모텔방 위에 모든 걸 포기한 채로 누워 있게 만들었을까요.

그가 먼저 몸을 씻었고, 저는 그가 욕실에서 나온 다음에 몸을 씻었습니다. 움직일 때마다 통증이 느껴져 조심조심하면서 몸을 씻는 동안 저는 그와 섹스를 한 게 아니라 그가 저의 몸에 상처를 입혔다는 생각이 강하게 들었습니다.

제가 진정으로 걱정한 것은 그에 대한 원망이 이별하고 싶은 마음으로 번질까가 아니었습니다. 그에 대한 강한 배신감도 아니었습니다. 앞으로 첫사랑을 떠올릴 때마다 이 기억이 함께 떠올라 고통스럽겠구나, 안타깝다, 그런 마음이 들 것을 걱정했습니다. 그랬습니다. 그는 저의 첫사랑이었습니다. 저는 저에게 존재하지 않는, 누구보다 저를 먼저 생각해주는 자상한 언니의 시선으로 저를 바라보고 있었습니다. 너의 첫사랑은 너에게 상처를 입혔어. 그러니 너는 그를 잊어야 해. 저는 뜨거운 김 속에 우두커니 서서 그런 목소리를 들었습니다. 그와 그가 저지른 행동을 잊어야 한다는 목소리를요.

저는 이미 그와 이별한 마음이었습니다. 그가 혼자 몸을 움직이고, 저는 그 아래에 누워서 천장만 바라봐야 했을 때 저는 이미 그와 이별을 했습니다. 제가 진정으로 걱정한 것은, 그와 헤어지고 만나게 될 사랑하는 사람과의 섹스에서 이 경험을 떠올리게 될지도 모른다는 두려움이었습니다.

저는 이 섹스가 완벽히 실패한 섹스이며, 사실 이건 섹스라고 말할 수도 없다는 것을 어렴풋하게나마 깨달았지만, 그 시절엔 사랑하는 사람에게 강간을 당할 수도 있다는 사실을 몰랐습니다. 누구도 그런 말을 해주지 않았습니다.

앞으로 만날 애인들과의 섹스는 이것과 완전히

다르리라고 굳게 믿고 싶었지만, 이미 상흔처럼 틀어박힌 기억이 제 몸에서 사라지지 않으리라는 것을 알았습니다. 저는 울면서 몸을 씻었습니다.

욕실에서 나와 보니 방은 텅 비어 있었습니다. 그는 말도 없이 가버렸습니다. 상처 입은 사람은 저인데, 그는 돌이킬 수 없는 상처를 입은 사람이 자기인 것처럼 말도 없이 사라져버렸습니다.

저는 침대 위에 걸터앉아 커다란 화장대 거울로 저의 몸을 보았습니다. 가슴이 아주 작고 납작해서 앞에서 보면 여성의 상반신이 아니라고 착각할 만했습니다. 저는 처음으로 저의 가슴을 보며 화가 나지 않았습니다. 안타깝지도 않았습니다. 그건 그저 제 가슴일 뿐이고, 제 몸일 뿐이었습니다. 그 어느 곳에도 사용되지 않고, 그 누구에게도 욕망되고 싶지 않은 저의 몸일 뿐이었습니다.

그때, 우리는 스무 살이었습니다.

*

　20대 시절이 어떻게 흘러갔는지 모르겠습니다. 다만 저 역시 2000년대라는 시대 속에 놓여 있던 평범한 여성으로 살았던 것 같습니다.

　친구들은 농담처럼 이런 말을 했습니다. 10대 남자가 원하는 것은 20대 여성이고, 20대 남자가 원하는 것도 20대 여성이며, 30대 이상의 남자가 원하는 것도 20대 여성이라고요. 저는 그 말을 듣고 친구들과 함께 웃었지만 속으론 전혀 웃지 않았습니다. 이런 농담을 20대 여성인 우리가 소비하고 있다는 게 어딘가 잘못되었다고 느꼈지만 내색하지 않았습니다. 어딜 가든 우리를 반기는 남자들이 있는 건 좋은 일이라고 생각하려 했지만, 외려 불안감만 더 심해졌습니다.

　그러면서도 저는 미용에 상당한 노력을 기울였습니다. 머리를 길게 기르고, 공들여 펌을 하고, 눈썹을 밀고, 보기 좋게 다시 그리고, 마스카라를 항상 지니고 다녔습니다. 팔과 다리와 겨드랑이 털을 밀고, 귀를 뚫었습니다. 몸에 구멍 내는 걸 조금도 좋아하지 않으면서 잡지에서 본 한 줄의 문장 때문에 귀를 뚫었습니다. '귀걸이를 하면 1.5배 더 예뻐 보인다는 게 과학적으로 증명되었다.' 그 기사의 내용은 이러했습니다. 귀걸이를 하지 않았을 때보다 귀걸이를 했을 때 얼굴이 더 작아 보이고, 인상도 더 선명해 보였다고요. 인터뷰한 모든 남자들이 그렇게 판단을 내렸다고요. 그러니 더 예뻐 보이는 게 틀림없다고요. 저는 그 기사를 읽고 나서 귀를 뚫었습니다. 그리고 반짝이는 귀걸이를 하고 다녔습니다. 양쪽 귓불에서 진물과 피가 계속 나왔지만, 매일 소독하고 다시 귀걸이를 했습니다. 오로지 1.5배 더 예뻐 보이기 위해서요.

저의 직업은 웨딩 플래너였습니다. 친구들이 대기업에 취업 원서를 넣거나, 공무원 시험 준비를 시작하거나, 작은 회사에 들어가 착실하게 경력을 쌓고 복지 혜택이 더 좋은 회사로 옮겨 갈 계획을 세우는 동안 저는 웨딩 플래너로 계속 일했습니다. 압구정동 로데오거리를 높은 힐을 신고 오갔습니다. 회사가 있는 언덕은 걸어 다니는 사람이 거의 없고 대부분 고급 차를 타고 오갔는데, 저만 그곳을 걸어 다녔습니다. 저와 제 동료들만요.

　우리는 웨딩 컨설팅 회사에 소속되어 있는 직원인 동시에 개인사업자였습니다. 우리는 서로 경쟁해야 했고, 온종일 채팅창을 붙들고 있어야 했습니다. 점심을 샌드위치로 때우면서도 채팅창 앞을 떠날 줄 몰랐습니다. 저의 실적은 좋은 편도 나쁜 편도 아니었습니다. 저는 그때까지만 해도 웨딩드레스에 대한 동경이 있었고, 버진 로드를 걷는 신부를 바라보며 인생에서 가장 아름다운 꽃이 피는 시기라고 생각할 정도로 결혼에 긍정적인 여성이었습니다.

　예비 신부들은 대체로 신경질적이었습니다. 그러나 저는 그녀들을 이해할 수 있었습니다. 신부들은 거의 모든 것에 불안을 느꼈습니다. 그 중 가장 큰 불안은 웨딩드레스였습니다. 그것을 피팅했을 당시의 체형을 결혼식 날까지 유지하는 것이 그녀들의 큰 과제이자 의무였습니다. 웨딩 플래너의 가장 큰 악몽 역시 다르지 않아 살이 쪄서 드레스가 작아진 신부와 결혼식 날 마주하게 되는 것이었습니다. 신부들은 다이어트에 민감했습니다.

허리가 굵어 보이거나 팔뚝이 두꺼워 보이는 웨딩 드레스를 원자폭탄처럼 두려워했습니다. 그런 상황에서 그녀들의 시선이 유독 말라빠진 저의 몸에 가닿는 것은 어찌 보면 당연한 것이었습니다. 그녀들은 저에게 말했습니다. 너무 부럽다고요. 어떤 드레스를 입든지 날씬해 보일 테니 너무나도 부럽다고요. 그러나 저는 그녀들이 부러웠습니다. 어떤 드레스를 입든지 저보다는 가슴이 풍만해 보이고 상대적으로 허리도 가늘어 보일 게 틀림없었으니까요. 그러나 그런 부러움은 아주 잠깐이었습니다. 저는 저의 가슴을 제 일부로만 받아들일 수 있는 사람이었습니다. 작은 가슴은 아무에게도 피해를 주지 않는다는 걸 비로소 깨달은 사람이었습니다.

예비 신랑들을 상대하는 일은 전혀 어렵지 않았습니다. 저는 팀장에게 교육받은 대로 신랑의 눈을 오랫동안 쳐다보지 않았습니다. 무조건 신부를 바라보며 설명했고, 신부에게만 동의를 구했습니다. 신랑이 질문을 던지면 짧게 신랑을 쳐다보고, 다시 신부에게로 시선을 돌렸습니다. 그래야만 했습니다. 예민한 신부들에게서 오해를 사지 않으려면요. 덕분에 저는 한 번도 오해를 산 적이 없었습니다. 신부들은 극도의 불안에 시달리고 있으면서도, 무대에 올라 모두의 시선을 한눈에 받는 주인공이 될 날이 언제인지 명확히 알고 있는 배우처럼 언제나 빛이 났습니다. 자신이 수행해야 할 역할을 정확하게 알고 있어서 디데이가 다가올수록 더욱 찬란하게 빛이 났습니다. 그녀들은 실망했지만 관망하지는 않았고, 주도적이었지만 순식간에 패닉에 빠지기도 했습니다. 저는 그녀들을 다독이고, 지지하고, 주제넘지 않은 조언을 하면서 묵묵히 저의 자리를 지켰습니다.

그런 저도 어느 날 청혼을 받았습니다.

그는 제가 웨딩 플래너로 일하는 동안 월요일마다 데이트를 했던 남자였습니다. 그는 중견기업에 다니는 회사원이었고 주말마다 쉬었지만, 저는 일의 특성상 월요일에만 쉴 수 있었습니다. 그는 월요일 저녁마다 수소문해놓은 맛집으로 저를 데리고 갔습니다. 우리는 우리의 경제력에 맞는 데이트를 했고, 한 번도 비싼 돈을 들여 뭔가를 함께 해본 적이 없었습니다. 그는 아주 현실적인 사람이었고, 허황된 말이나 약속은 전혀 하지 않았습니다. 우리는 돈을 아끼기 위해 맥도날드에서 커피를 마셨고, 여행은 거의 가지 않았습니다. 가더라도 강릉에만 갔고 해외여행은 한 번도 가지 않았습니다. 저는 여권이 없었고, 그도 마찬가지였습니다. 우리는 신혼여행 때문에 여권을 발급받았고, 서유럽 패키지여행으로 신혼여행을 대신했습니다. 저는 웨딩 플래너로 일하며 완벽한 결혼에 대한 환상을 모두 버린 상태였습니다. 웨딩드레스는 재활용 드레스를 입었고, 한복은 종로 광장시장에서 한 벌에 15만 원을 들여 맞췄습니다. 서유럽 패키지여행은 초특가 할인 상품이었고, 갓 부부가 된 커플이 우리 말고도 한 쌍 더 있었습니다. 우리처럼 그들도 대체적으로 조용했고, 자기 자랑을 늘어놓지 않았습니다. 결혼반지에 박힌 다이아몬드 역시 둘 다 깨알만 했고, 자세히 들여다봐야 발견할 수 있었습니다.

저는 결혼생활에 만족했습니다. 한 달 동안은요. 그 기간 동안 그는 회사에 심각한 일이 생긴 탓에 거의 매일 야근을 했습니다. 그러다가 다시 정시에 퇴근했고, 그때부터 그는 일주일에 두 번꼴로 저에게 섹스를 요구했습니다. 저는 그제야 우리가 연애하는 동안 섹스를 거의 하지 않았다는 사실을 깨달았습니다. 반년에 한 번 정도였으니 그것을 잊고 살 만도 했지요. 저는 갑자기 변한 그가 낯설었습니다. 왜 그렇게 열심히 섹스를 해야 하느냐고 물은 것은 어찌 보면 우리 사이에선 당연했지요. 그는 아주 과묵한 표정으로 앉아 있다가 말했습니다. 부부라면 일주일에 두 번 정도는 해야 하는 거 아닌가?

그는 어디선가 들은 듯한 말을 하고 있는 표정이었습니다. 저는 왜 그래야 하는지 이해할 수 없었습니다. 그가 섹스를 좋아하는 사람이었다면, 그와의 결혼을 다시금 고민해봤을 텐데 말이지요. 그러나 저는 결국 거부하지 않았습니다. 그의 말에 수긍하고 말았습니다. 그리하여 저는 원하지도 않는 섹스를 일주일에 두 번씩 했습니다. 그는 여성 상위를 선호했고, 저는 몸의 긴장이 풀리지도 않은 상태로 그의 몸 위에 걸터앉았습니다.

그것을 섹스라고 불러도 될지 모르겠습니다. 아마도 아닐 것입니다. 저는 오직 의무감으로 그의 몸 위에 앉았고, 반복적으로 허리를 움직였지만 그러면 그럴수록 성기에 상처를 입히는 것만 같아서 기분이 좋지 않았습니다. 제가 흥분하지 않았다는 것이 그에겐 중요하지 않았습니다. 그는 흥분했으니까요. 그는 눈을 감았고, 제 얼굴을 한 번도 보지 않았습니다. 봤다면, 우리의 결혼생활은 그보다 훨씬 더 짧았을 것입니다.

그는 제가 피임약을 먹길 원했지만, 저는 그가 콘돔을 사용하길 바랐습니다. 피임약은 어느 것을 먹더라도 저에게 맞지 않았습니다. 피부가 크게 뒤집혔습니다. 두통과 메스꺼움, 전신 가려움증도 동반되었습니다. 그는 저에게 약물 알레르기가 있는 것 같다고 말했지만, 그건 정신적인 알레르기일 거라고 덧붙였습니다. 제가 피임약을 심리적으로 거부하기 때문에 몸도 그러한 부작용을 일으키는 것이라고요. 저는 그에게 콘돔을 사용해달라고 부탁했습니다. 둘 다 아이를 빨리 갖길 원하지 않기에 그가 결국 콘돔을 사용했습니다. 그러나 그것을 과연 콘돔이라고 불러도 될는지요.

콘돔이라는 것이 뻑뻑하고, 고무 냄새가 심하게 나고, 상당히 질겨 보이면서 대체적으로 멋이라곤 조금도 없는 물건이라면 그것은 콘돔이 맞습니다. 그것은 그의 성기에 끼워져서 제 몸속으로 들어왔고, 여성 상위를 선호하는 그의 취향에 맞추어 언제나 제가 자발적으로 그것을 몸속에 넣어야 했는데, 그때마다 저는 다시 소녀로 돌아가고 싶은 마음이 들었습니다. 섹스가 의무가 아닌 소녀로 돌아가서 저의 몸을 아무 곳에도 사용하고 싶지 않았습니다.

그랬습니다. 저는 또다시 그런 마음이 들기 시작했습니다. 결혼 전 친구가 저에게 절벽에 매달려 절박하게 섹스하는 남녀의 영상을 보내준 적이 있는데, 그때 저는 친구에게 이렇게 말했습니다. 이제 내게 그런 영상은 보내지 마. 결혼하면 섹스가 일상이 될 텐데 왜 벌써부터 그걸 알려고 하니. 저는 어느 정도는 그렇게 믿었기에 결혼 후 일주일에 두 번씩 정기적으로 섹스를 했지만, 오래전 그날 분명히 깨달은 것처럼 제 몸을 아무 곳에도 사용하고 싶지 않은 사람이었습니다. 여전히 그런 사람이었습니다. 하지만 그에게 사실대로 말할 수는 없었기에 저는 싫은 마음을 감추고 기계적으로 섹스를 했습니다.

그러던 어느 날, 시가에 가서 저녁을 먹다가 언제쯤 아이를 가질 계획이냐는 말을 처음으로 들었습니다. 결혼한 지 반년이 지난 때였습니다.

저는 너무나 놀란 나머지 아무런 대답도 하지 못했습니다. 그건 시부모로부터 들을 수 있는 수백 가지의 평범한 말들 중 하나일 것입니다. 그러나 저는 그런 말은 누구에게서 듣든지 매우 실례되는 말이라는 생각이 들었습니다. 사실 이 표현은 매우 순화한 것입니다. 솔직히 말하면 그런 말은 실례되는 말인 정도가 아니라, 저의 삶 속으로 장검을 깊숙하게 찔러 넣은 뒤 좌우로 획획 돌려서 내장 기관을 엉망으로 만들어버리는 말이라고 생각합니다. 그 말을 처음 들었을 때 제 기분이 그랬습니다.

그런 말에 그 정도로 큰 충격을 받았다는 것이 이상한 일일까요? 저는 저의 몸을 또다시 강탈당하는 기분을 느꼈습니다. 대를 이어야 할 며느리라고 말할 수 있겠지요. 대를 끊기게 할 속셈이냐고 물을 수도 있겠지요. 하지만 저는 섹스에 제 몸을 사용하고 싶지 않은 것처럼 아이를 낳는 일에도 제 몸을 사용하고 싶지 않았습니다. 아이를 갖는 일은 온전히 저의 선택과 열망으로 결정되어야 할 일이라고 굳게 믿었습니다.

저는 그날 집으로 돌아와 남편에게 말했습니다. 아이를 낳는 일은 제 몸이 허락해야 하는 일이라고요. 그러나 저의 몸은 그 일을 도저히 허락할 것 같지가 않다고요. 저는 마치 제 몸에 분리된 인격이 존재하는 것처럼 그렇게 말했습니다. 남편은 요상한 표정을 지으며 콘돔을 꺼냈습니다. 저는 그 구역질 나는 고무 껍데기를 빼앗아 쓰레기통에 넣으며 다시 말했습니다. 이번에는 조금 다르게 말했습니다.

내 몸은 인격이 있어. 내 몸은 존중받아야 해. 내 몸은 나조차 함부로 할 수 없어.

남편은 제 말을 조금도 이해하지 못했습니다. 제 몸은 저의 것이며, 나아가 자신의 것이기도 하다고 말했습니다. 자신의 몸 역시 자신의 것이며, 나아가 저의 것이기도 하다고 말했습니다. 그런 게 부부라고 말했습니다. 하지만 저는 저의 몸이 그의 것이라고 생각하지 않았고, 마찬가지로 그의 몸이 저의 것이라는 생각도 하지 않았습니다. 우리의 몸은 각자의 것이며, 결코 섞일 수 없다고 말했습니다. 섹스는 일시적인 교합일 뿐이지 영원한 결박은 아니라고요. 그는 제 말을 믿을 수 없다는 표정으로 들었습니다. 한참을 침묵하던 그가 마침내 말했습니다.

그러면 나는 부모님한테 뭐라고 말씀드려야 하지? 내가 너의 생각을 어떻게 전달하든지 그건 참 이상한 생각이라서 절대로 이해하시지 못할 거야.

그는 다행히 화를 내지 않았습니다. 그렇다고 저를 이해하지도 않았지만, 이해하려고 부단히 노력했습니다. 그는 저의 손을 잡고 침대에 나란히 누워서 이 모든 엉킴의 시작이 어디인지 하나씩 짚어가기 시작했습니다. 그는 자신과의 첫 섹스가 어떠했는지 물었고, 프러포즈의 순간이 어떠했는지 물었고, 예식장에서 얼굴이 어두웠던 게 혹시 이걸 예감해서였는지 물었고, 신혼여행지에서 행복해 보였던 게 자신의 착각이었는지 물었습니다. 저는 결혼 자체엔 아무런 불만이 없지만, 정기적인 섹스는 구독 거절한 신문이 우편함에 계속 꽂혀 있는 것처럼 아주 지겨운 일이라는 것을 고백하고 말았습니다. 서른이 넘은 성인 여성이지만 섹스에 나의 몸을 사용하는 것이 어렵고 어색한 일이라고도 말했습니다. 사실은 싫고 불쾌한 일이었지만 순화해서 말했습니다. 그는 제 말을 잠자코 듣기만 했습니다. 좀 더 말해보라고 다독이기도 했습니다. 저는 저의 첫 섹스를 털어놓았고, 그때 얼마나 비참한 기분이 들었는지 상세히 설명했습니다. 이제 와서 안 사실이지만 그건 섹스가 아니라 강간이었다고요. 그는 자신의 첫 섹스를 떠올려보는 눈치였지만, 어땠는지 저에게 말해주지는 않았습니다.

우리는 밤새 침묵 속에 누워 있었습니다. 그가 가끔씩 한숨을 내쉬었기에 잠들지 않았다는 것을 알았습니다. 저 역시 한숨을 내쉬며 간간이 몸을 뒤척였습니다. 동이 트자 그가 마침내 이렇게 말했습니다.

나는 네가 어떤 사람인지 모르겠어. 아무리 생각해도 이해가 안 돼.

저는 무척 실망했지만, 이미 돌이킬 수 없는 선택을 한 뒤였습니다. 저는 담담한 마음으로 말했습니다.

너는 너와 즐겁게 섹스하고, 기쁘게 아이를 낳을 수 있는 여자를 만나는 편이 낫겠어.

저는 눈물을 흘리면서 그의 행복을 빌어주었습니다. 그건 슬픔의 눈물이 아니라 미안함의 눈물이었습니다. 그가 어떤 사람인지 모르고 덜컥 결혼해버린 미안함에서 비롯된 눈물이었습니다. 그는 슬픔의 눈물을 흘렸습니다. 그는 제가 자신이 꿈꾸던 여성이라고 멋대로 착각해버린 것에 대해 무척 슬퍼했습니다. 그런 의미의 눈물을 흘렸습니다.

우리의 이혼은 전혀 예상하지 못한 곳에서 반발에 부딪혔습니다. 그와 그의 부모님은 자신들의 입장에선 합당한 이유가 있느니만큼 이혼에 찬성했지만, 뜻밖에도 저의 어머니가 이혼을 반대했습

니다. 절대로 안 된다고 못을 박았습니다. 어머니
는 이렇게 말했습니다.

이혼한 여자의 몸으로 어떻게 살아가려고 그러
니.

저는 어머니의 입에서 나온 말들 중에서 유독
'몸'이라는 단어에 귀가 커졌습니다. 어머니가 저
를 딸로 보지 않고 몸으로 보고 있다는 것을 그때
처음으로 깨달았습니다. 어머니는 세상의 모든 여
성을 인간으로 보지 않고 몸으로 보고 있는 것 같
았습니다. 저는 어머니에게 이런 문자를 보낸 뒤
이혼을 감행했습니다.

— 엄마, 나는 내 몸이 아니라 그냥 나야. 나는
내 몸으로 말해지는 존재가 아니라, 내가 행하는
것으로 말해지는 존재야.

그는 이혼 서류를 작성할 때조차 그다웠습니다.
정갈한 그의 글씨체를 바라보고 있는 동안 이 사
람의 인생을 망쳤다는 생각은 전혀 들지 않고, 이
사람의 인생을 내가 구했다는 생각만 들었습니다.
이 사람은 이 글씨체처럼 알아보기 쉬운 인생을
살고, 정갈한 가족을 꾸릴 거야. 저는 그렇게 생각

하며 진심으로 그의 미래를 축복해주었습니다. 그는 저와 마지막으로 포옹하며 말했습니다.

언젠가 네가 진심으로 섹스를 즐길 수 있길 바라.

그는 제가 그런 파트너를 만날 수 있을 거라고, 너는 좋은 사람이니 그럴 수 있을 거라고 담담한 목소리로 말했습니다. 저는 저에게 좋은 사람이라고 말해주는 그에게 고마움을 느꼈습니다. 내가 한때 결혼하기로 결심했던 남자는 이런 남자였구나. 저는 뿌듯한 마음으로 그의 얼굴을 오랫동안 마주 보았고, 마침내 발길을 돌렸습니다.

그때 우리는 서른셋이었습니다.

2

제 이야기를 해도 되는지 모르겠지만, 하지 않을 수가 없을 것 같아요. 모두 저를 오해하고 있는 것 같기에 지금부터 그것을 바로잡으려고 합니다. 다만, 이것은 매우 내밀한 고백인지라 단 한 번밖에 말할 수 없을 것 같습니다.

그러니 귀 기울여 들어주세요.

저는 1959년에 태어났습니다. 하지만 그건 사실이 아닐 가능성이 큽니다. 그땐 출생신고를 제때 하지 않는 부모들이 많았고, 저의 부모 역시 그랬다는 말을 들은 기억이 있습니다. 저는 제가

1957년생일 거라는 생각으로 살아왔습니다. 물론 1958년생인 남편에겐 한 번도 그런 말을 한 적이 없습니다. 이제 와서 누나라고 부르라고 할 수는 없지 않겠습니까.

살아오는 동안 저는 수많은 일을 겪었습니다. 당연하지요. 반세기 넘게 살면서 아무런 일도 겪지 않거나 매우 적은 경험만 할 수는 없으니까요. 저는 스물세 살에 결혼했고, 두 딸을 낳았습니다. 첫째는 저를 닮아 예민하고, 둘째는 남편을 닮아 어떤 일에든 둔감한 편입니다. 첫째와 둘째는 연년생입니다. 연이은 출산으로 저는 몸이 많이 망가졌습니다. 아직도 완전히 회복되지 않았습니다. 그러나 딸들에게 그런 말을 한 적은 한 번도 없습니다.

어릴 때 살던 고향을 떠올릴 때마다 한 남자가 동시에 떠오릅니다. 그는 저의 아련한 첫사랑 같은 존재가 아닙니다. 그는 그 작은 시골 마을의 폭군이자 사냥꾼이었습니다. 그의 직업이 사냥꾼이었다는 게 아닙니다. 그는 농사를 짓는 사람이었고, 엽총을 한 자루 갖고 있었습니다. 물론 그 총으로 사냥도 했지만, 그가 정말로 사냥을 했던 건 여자들이었습니다. 마을의 젊은 여자들이요.

어떻게 그런 일이 가능한지 놀라셨나요? 그땐 1960년대였고, 작은 산골 마을엔 파출소가 없었습니다. 총을 갖고 있는 사람은 드문 편이었고, 그처럼 심한 폭력성을 가진 남자는 마을에서 그밖에 없었습니다. 그는 도무지 통제가 되지 않는 남자였습니다. 마을의 젊고 아름다운 여자를 보면 겁탈하지 못해 안달이 나는 그런 범죄자였습니다. 지금은 범죄자라는 단어를 당당하게 쓸 수 있지만 그땐 아무도 그렇게 말하지 않았고, 저 역시 그를 범죄자라고 생각하지 않았습니다. 사냥꾼이라고 생각했지요. 젊은 여자들을 사냥하는 사냥꾼이요.

그 당시 저는 어린아이였기에 마을 사람들이 왜 그렇게 그 남자를 무서워했는지 자세히 기억나지는 않습니다. 법의 바깥에서 살 수 있는 사람은 없을 것임에도 마을 사람들은 그를 신고하는 대신 너무나 두려워했습니다. 아마도 이런 이유겠지요. 그땐 남자가 여자를 겁탈하는 것을 범죄가 아닌, 본능에 충실한 남자의 성 충동으로 해석해버리기도 하는 시대였으니까요. 게다가 피해자들이 수치심을 느끼며 신고하지 않고 도망쳐버렸기에 범죄자는 더욱 기세등등하게 마을을 휘젓고 다녔습니다.

그 남자에게 희생된 여자들의 얼굴이 아직까지도 떠오릅니다. 그녀들은 모두 소리 없이 마을을 떠났습니다. 술에 취해 총을 들고 사냥감을 찾아다니는 괴물을 피해서요. 저의 아버지는 결단을 내렸습니다. 저는 언니가 한 명 있고, 여동생이 한 명, 오빠가 한 명 있는데, 도합 세 명의 딸을 지키기 위해 아버지는 짐을 꾸려 낯선 타향으로 떠났지요. 저는 사냥꾼을 두 번 다시 보지 않아도 된다는 게 너무 기뻐서 이사하는 내내 노래를 불렀습니다.

새로 자리 잡은 동네엔 사냥꾼이 없었습니다. 동네마다 한 명씩 있을지도 모른다는 불안감은 곧바로 해소되었지요. 그곳은 지리산 아래에 자리한 고요한 시골 마을이었습니다. 아버지는 땅을 좋아하는 사람이었고, 열심히 농사지은 돈으로 여기저기에 땅을 사두었습니다. 먹고살 걱정은 없었지요. 아주 유복한 편은 아니었지만, 가난하게 자란 것도 아니었습니다. 오빠는 공부만 할 수 있었고, 언니는 얌전히 시집갈 준비를 했고, 저와 동생은 학교를 무척 좋아했습니다.

국민학교 시절부터 저는 키가 무척 컸습니다. 반에서 가장 컸지요. 무용 시간이 되면 늘 선생님께 칭찬을 들었습니다. 몸이 예쁘다고요. 길쭉하고 날씬해서 무용을 하기에 아주 적합한 몸이라는 말을 들었습니다. 아이들 앞으로 불려 나가 동작을 시범 보인 적도 수차례 있었습니다. 그런 경험을 통해 저는 저의 몸에 대해 새로운 인식을 하게 되었습니다. 제 몸은 누구나 탐낼 만한 몸이고, 또래 앞에 모범으로 불려 나갈 만한 몸이며, 성인 여성인 무용 선생조차 부러워하는 몸이구나, 하고요. 무용 선생은 제 피부가 희고 깨끗하다는 것도 무척이나 강조했습니다. 제가 어떤 남자에게 시집 갈 것인지 벌써부터 궁금해진다고도 했지요.

저는 아주 우쭐해졌습니다. 제가 제 몸으로 대체될 수 있다는 것을 처음으로 깨달았지요. 그때부터 저는 아무 데서나 뛰어다니며 노래 부르는 걸 그만두었습니다. 몸이 더욱 예뻐 보이기 위해 항시 노력했습니다. 바느질 솜씨가 뛰어난 언니를 졸라서 새 원피스를 지어 입고 학교에 갔습니다. 괜스레 남자아이들에게 새침하게 굴었습니다.

무용 선생님뿐만 아니라 다른 선생님들도 모두 저를 좋아했습니다. 모범생인 데다가 얼굴도 예쁘고 키도 크고 날씬하다고요. 선생님들은 저의 외모를 자주 칭찬했습니다. 저는 점차 저 자신을 아이가 아닌 아름다운 몸을 가진 여자로 착각하기 시작했습니다.

어느 날 수업이 끝난 뒤, 담임선생님이 저에게 교실에 혼자 남으라고 말했습니다. 어떤 이유로 남으라는 것인지는 알 수 없었지요. 친구들이 모두 돌아가고, 저는 혼자 의자에 앉아 담임을 기다렸습니다. 소란스럽던 복도가 점점 조용해지다가 마침내 아무런 소리도 들리지 않게 되었을 때, 앞문이 드르륵 열리더니 담임이 들어왔습니다. 그는 순한 성품을 가진 노총각이었고, 언제나 저의 외모에 대한 칭찬을 아끼지 않는 사람이었습니다.

담임은 제 앞으로 걸어오더니 아무런 말도 없이

저를 가만히 내려다보았습니다. 저는 약간 불안해지기 시작했습니다. 마침내 담임은 맞은편 의자에 털썩 앉더니 말했습니다.

잠깐만 일어나볼래?

저는 의자에서 일어났습니다.

이리 앞으로 와봐.

저는 그렇게 했습니다. 그의 앞에 섰습니다. 그러자 그가 손을 뻗더니 저를 가만히 끌어당겨 안는 것이었습니다. 그리고 오랫동안 그 자세로 멈추어 있었습니다.

실제론 2, 3분 정도의 짧은 시간이었는지도 모릅니다. 그러나 저에겐 한 시간처럼 길게 느껴졌습니다. 담임의 숨소리와 체취가 너무나 가까이서 느껴졌습니다. 불쾌했고, 두려웠습니다. 제가 알고 있는 사람이 아니라 전혀 모르는 사람이 저를 끌어안고 있는 기분이 들었습니다. 심장이 두근거렸습니다. 몸이 떨려오기 시작했습니다. 그게 잘못된 일이라는 건 누군가 알려주지 않더라도 본능적으로 알 수 있었습니다. 이 사람은 내 몸을 안고 있다. 나를 안고 있는 게 아니라, 내 몸을 안고 있다. 저는 그런 생각을 했습니다. 저를 안고 있는 것보다 제 몸을 안고 있는 게 더욱 잘못된 일이라는 듯이요. 저는 그 순간 저와 저의 몸을 분리했던 것입니다.

마침내 담임이 저를 놓아주며 그만 집에 가보라고 말했을 때, 저는 도망치듯 교실을 빠져나왔습니다. 얼굴이 붉게 달아오른 걸 담임에게 들키지 않으려고 재빨리 교실을 빠져나왔지요. 그 뒤로 담임은 한 번도 그 일에 대해 언급하지 않았습니다. 교실에 남으라는 말도 두 번 다시 하지 않았습니다.

도대체 그건 뭐였을까요.

그는 왜 열세 살짜리 제자를 말없이 안고만 있었을까요.

여러분들이 대답하지 않으시더라도, 이제 저는 그 답을 알고 있습니다.

중학교에 입학한 뒤에도 저는 여러 분야에서 눈에 띄는 학생이었습니다. 몸이 예쁘다는 말은 그때도 많이 들었습니다. 얼굴이 하얗다는 말도요.

저는 콧대가 아주 높아져 있었지요. 공부도 매우 열심히 했습니다. 그러던 차에 아버지로부터 더 이상 학교에 갈 필요가 없다는 말을 들었을 때, 저는 심장이 돌처럼 굳고 사지가 찢기는 심정이었습니다.

여자는 교육받을 필요가 없다고 굳게 믿는 사람이 나의 아버지였습니다. 누구도 그 말을 거역할 수 없었습니다. 어머니도 아버지의 결정에 따랐고, 오빠도 반대하지 않았습니다. 큰언니는 일찍이 시집을 갔지만, 여동생은 어머니에게 끈질기게 매달렸습니다. 학교에 보내달라고 밤낮으로 울었습니다. 저는 식음을 전폐하고 방 안에 틀어박혔습니다. 여고 교복을 입은 친구들이 찾아올 때마다 방 안 깊숙이 숨어서 밖으로 나가지 않았습니다. 너무나 창피했습니다. 저보다 공부를 못하는 아이들이 교복을 입고 나타나 제 이름을 조심스레 부르는데, 저는 그대로 죽어버리고 싶은 심정이었습니다. 친구들이 아무렇지 않게 입고 있는 교복이 저에겐 너무나 절실했기 때문입니다.

그렇게 방 귀신이 되어가던 어느 날, 제 고개가

저절로 돌아가기 시작하더군요. 제 고개를 제가
어떻게 해볼 수가 없었습니다. 분명히 감나무를
보려 했는데 고개가 저절로 장독대 쪽으로 돌아갔
습니다. 대문을 보려 했는데 고개가 저절로 방문
쪽으로 돌아갔습니다. 저는 놀라서 울음을 터뜨렸
고, 끝내 기절하고 말았습니다.

여러분, 저는 결코 지어낸 말을 하는 것이 아닙
니다. 한 사람의 간절한 의지가 폭압에 의해 꺾였
을 때, 말이 통하지 않는 논리에 의해 무참히 짓밟
혔을 때, 우리의 육신은 우리의 혼과 분리됩니다.
저는 그것을 몸으로 직접 겪었습니다.

제가 원하는 방향으로 고개가 돌아가지 않는 것
을 시작으로 저의 몸은 말을 듣지 않았습니다. 두
팔과 두 다리, 심지어 입술과 눈동자까지도요. 학
창 시절 내내 모두가 아름답다고 찬양했던 몸이
제 의지대로 움직이지 않았던 것입니다. 그러면
그것은 도대체 누구의 의지였을까요. 누가 자꾸
저의 고개를 제가 보고 싶지 않은 쪽으로 돌리고
있었던 것일까요.

가족들은 제가 귀신에 씌었다고 판단했습니다.

무당을 불렀지요. 굿을 했습니다. 아주 성대하게 했습니다. 너무 시끄러워서 두 귀를 틀어막고 싶었지만 사람들이 저를 가만히 내버려두지 않았습니다. 늦은 밤, 동네 성황당 나무 아래 저 혼자 버려두고 가버리기도 했습니다. 무당은 그렇게 해서라도 저를 고쳐야 한다고 했습니다. 아주 고장이 나버린 상태인 것처럼 말했습니다.

굿을 세 번이나 했지만 증상은 조금도 나아지지 않았습니다. 결국 오빠가 시내에 나가 약을 지어 왔습니다. 두툼한 약봉지를 건네주면서 이것을 다 먹으라고 말했습니다. 저는 그게 뭔지도 모르고 몇 년간 그 약을 먹었습니다. 매일 그 약을 먹고 종일 잠만 잤습니다. 내처 잤습니다. 현실을 잊고 계속 잤습니다. 그리고 어느 날 눈을 떴을 때, 마침내 제 몸은 제 의지대로 움직여주기 시작했습니다.

저는 기뻐하는 대신 얼른 짐을 쌌습니다. 지박령이 그 집에 저를 묶어두기 위해 제 몸을 마음대로 조종했다는 듯이, 마침내 그 혼령에게서 풀려났다는 듯이, 다른 곳으로 도망가야 살 수 있는 듯이 정신없이 짐을 쌌습니다.

우리 가족은 나를 무참히 짓밟고 결국 죽일 것이다.

저는 그런 마음으로 집을 나왔습니다. 버스를 타고 굽이굽이 산길을 떠나올 때 멀미를 심하게 했습니다. 몸속에 든 모든 걸 토해냈습니다. 두 번 다시 집으로 돌아가지 않겠다고 결심하고, 서울로 향했습니다.

그때 저는 열아홉 살이었습니다.

실밥을 정리하는 옷 공장에 취직했습니다. 제가 구할 수 있는 일은 그것뿐이었습니다. 서울에서 사귄 친구와 이른 새벽부터 밤늦게까지 실밥을 정리했지만 월급은 정말이지 형편없었습니다. 두 발 뻗고 잘 수 있는 방 한 칸 구하기가 힘들었습니다. 친구와 저는 그곳에서 저임금 노동을 하는 몸일 뿐이었고, 인간으로 취급받지 못했습니다. 우리의 미래는 캄캄했습니다.

우리는 다른 일자리를 찾으려고 노력했습니다. 단지 먹고 살기 위해 그렇게 했습니다. 부자가 되기 위해서가 아니라 저임금 노동을 하는 몸에서 벗어나고 싶어서 다른 일거리를 찾아 헤맸습니다. 중개인은 우리를 데리고 어딘가로 갔습니다. 그곳은 요릿집이었는데, 방마다 남자들이 가득 들어차 있었고, 우리는 한복을 입고 그들의 술 시중을 들어야 했습니다. 속았습니다. 친구와 저는 중개인에게 속아서 그곳으로 팔려 온 것이었습니다. 그곳에서 만난 여성들은 모두 저처럼 저임금 노동을 하다가 중개인에게 속아서 팔려 온 여성들이었습니다. 학벌이 낮고, 고향에서 도망치듯 서울로 왔거나, 고향으로 매달 생활비를 보내줘야 하는, 한마디로 다른 곳으로 가려야 갈 수가 없는 여성들이었습니다.

우리는 그곳에서 자매처럼 어울려 지냈습니다. 서로가 유일한 버팀목이었습니다. 함께 울고 함께 웃었습니다. 다들 엇비슷한 환경에서 자라 같은 상황에 처해 있었습니다. 임금을 많이 받는 일을 하고 싶어도 학벌 때문에 할 수 없고, 학원에 다니려 해도 학원비를 벌 수 있을 정도의 직업을 가질 수 없고, 모든 걸 포기한 채로 실밥을 정리하는 일만 했다간 입에 풀칠하기도 힘든 상황의 연속

말입니다. 그러나 자매들은 저와 달리 강했고, 비위가 좋았고, 술 시중을 요령껏 잘 들었습니다. 술 취한 남자들의 말과 함부로 내뻗는 손길을 잘 참아냈습니다. 우리는 그곳에서 술 시중드는 몸이었고, 남자들의 집요한 시선을 받는 몸이었고, 끔찍한 일을 참아내야 하는 몸이었습니다. 고향에 돈을 보내야 하는 몸이었고, 사회와 가족의 도움 없이 스스로 돈을 벌어야 하는 몸이었습니다.

저는 자매들을 믿고 따르며 열심히 해보려고 노력했지만 저에겐 도무지 맞지 않는 일이었습니다. 그러나 한복과 화장품을 사고, 미용실에서 머리를 하기 위해 사장에게 빚을 졌고, 그 빚을 갚기 전까진 가게를 떠날 수 없었습니다. 사장이 중개인에게 지불한 돈까지 제가 갚아야 하는 착취 구조에 놓여 있었지만, 그게 부당하다고 대들지 못했습니다. 사장은 항상 저를 감시했고, 제가 남자들 곁에 앉아 술을 따르고 웃음을 팔아야 한다고 강요했습니다. 저는 얼마 지나지 않아 병이 났습니다.

자매들이 둥글게 모여서 의논한 뒤 하나의 결론을 내렸습니다.

저렇게 두면 저 아이는 죽을 거야.

자매들은 사장에게 찾아가 울면서 사정했습니다. 제발 저 아이를 병원에 데려가달라고요. 그러나 그렇게 해서 가게 된 병원에서도 제가 무슨 병에 걸렸는지는 밝혀낼 수 없었습니다. 온몸에 기운이 없었고, 잘 일어서지도 못했고, 매일같이 울었습니다. 그런 상태로 술 시중을 들 수는 없었지요. 남자들은 죽상을 하고 앉아 있는 저에게 술맛이 떨어진다고 고함을 내질렀습니다. 호출을 받고 달려온 사장은 저를 방에서 끌어낸 뒤 욕설을 한 바가지 퍼부었습니다. 자매들만이 저를 다독여주고, 저의 말을 끝까지 들어주었습니다. 참을성 있게 모두 들어주면서 말미에 이렇게 덧붙였습니다.

너도 알잖아. 우리는 여기 아니면 갈 데가 없어. 다시 옷 공장으로 돌아갈 수는 없지 않니?

그 말이 저를 더욱 절망하게 했습니다.

어느 날, 저를 진찰하던 의사가 말했습니다.

아가씨, 차라리 결혼을 하세요. 그게 유일한 탈출구입니다.

저는 그 말을 손안에 꼭 움켜쥐었습니다. 계절

이 바뀌고, 다시 바뀌고, 한 번 더 바뀔 때까지요.

그는 술 상자를 나르던 인부였습니다. 늘 지저분한 옷을 입고 다니는 잔심부름꾼이었습니다. 술 상자를 나른 뒤 가게 앞에 앉아 오가는 손님들과 술 시중드는 여자들을 쳐다보며 시간을 때우던 놈팡이였습니다. 그가 저를 알아보았습니다. 제가 아픈 걸 알아보았습니다. 그가 저에게 말했습니다.

미복아, 나와 함께 도망치자.

자매들은 득달같이 그에게 달려가 따졌습니다. 도대체 무슨 능력으로 저 아이를 먹여 살릴 것인지 계획을 말해보라고 윽박질렀습니다. 그녀들은 저를 보호해야 한다는 마음이 너무 강해서, 어떻게 해서든지 저에게서 그를 떼어내려고 했습니다. 자기들을 설득하지 못하면 결혼은 절대로 이루어질 수 없다는 듯이 굴었습니다. 그는 무척 난감해했습니다. 자매들은 그를 볼 때마다 불같이 화를 냈고, 저를 거지에게 시집보내느니 함께 죽는 한이 있더라도 끝까지 붙잡고 있겠다고 말하기도 했습니다. 저는 그런 그녀들에게, 나의 친언니이며 친동생 같은 그녀들에게 이렇게 말했습니다.

그만들 해. 나, 저 남자를 따라가야겠어. 여기 더 있다간 내가 죽을 것 같아.

그 뒤에 제가 어떻게 살았는지는 저의 아버지밖에 모릅니다. 아버지는 저를 찾아 서울로 수차례 올라왔고, 마침내 혼인신고도 하지 않고 엉망으로 살고 있는 저를 찾아냈습니다. 아버지는 그에게 큰소리로 호통을 쳤습니다. 부끄러운 줄 알라면서요. 그는 저를 붙잡지 못했습니다. 그는 성실하게 돈을 버는 사람이 아니었고, 그때 이미 다른 여자에게 빠져서 집에 거의 들어오지 않았습니다.

아버지는 저를 제가 끔찍하게 생각하는 고향 집 대신 서울의 어느 다방으로 데려갔습니다. 그곳에서 저는 화장도 안 하고, 투피스 양장도 입지 않은 상태로 선을 봤습니다. 아내와 사별한 남자였습니다. 그는 첫 만남에서 제 눈이 무척 맑아 보인다고 말했고, 반년 뒤 우리는 식을 올렸습니다. 이듬해 저는 첫딸을 낳았습니다.

서울에 갔던 제가 어떻게 살았는지 두 눈으로 확인한 사람은 아버지밖에 없습니다. 하지만 아버지도 제가 요릿집에서 술 시중을 들었던 것은 몰랐습니다. 제가 식모로 일한 줄 알고 계셨고, 끝내 진실을 알지 못한 채로 돌아가셨습니다. 어머니 역시 그렇게 알고 돌아가셨습니다.

물론 그분들이 모든 걸 아실 필요는 없습니다.

하지만 이젠 그들이 알았어야 했다는 생각이 듭니다. 이제 와서야 그런 생각이 듭니다. 충분히 교육받지 못한 상태로 사회로 떠밀리듯 나가야 했던 어린 여성이 어떤 선택을 할 수 있고, 어떤 인생을 살게 되는지를요. 결혼이 유일한 탈출구임에 절망하면서도 결국 그걸 행한 여성이 어떤 인생을 살았는지를요.

저는 저의 두 딸이 좋습니다. 때로는 싫기도 하지만 전반적으론 좋습니다. 그러나 좋다고 하여 이해할 수 있는 것은 아니고, 싫다고 하여 이해가 되지 않는 것도 아닙니다. 큰딸에게서 자신의 몸에 관한 내밀한 고백을 들었을 때— 사실 그건 섹스에 대한 고백이기도 했지만— 저는 큰딸을 이해할 수 없는 동시에 이해할 수 있었습니다. 저 역시 살아오면서 섹스를 즐겼던 적은 한 번도 없으니까요. 그러나 우리가 그런 이야기를 허심탄회하게 나누기는 어려울 것입니다. 저는 딸이 저처럼 실패하지 않길 간절히 바랐습니다. 그래서 이혼하겠다는 큰딸에게 온갖 악담을 퍼부으며 결정을 철회하게 말렸습니다. 그러나 큰딸이 보낸 문자메시지 한 통을 보고 나선 더 이상 그 애를 말릴 수가 없었습니다.

저는 딸들을 역할을 수행해야 할 몸으로 보고 싶지 않습니다. 더군다나 그것이 사회와 가정이 정해준 역할이라면요. 저는 뒤늦게 저의 행동을 후회했습니다. 하지만 사과는 하지 않았습니다. 마음 한구석엔 여전히 그 아이가 이 잔혹한 사회를 혼자 헤쳐 나가긴 쉽지 않을 거라는 생각이 있기 때문입니다.

저는 지금 성당에서 만난 친구들과 가장 많은 시간을 보냅니다. 그녀들은 오래전 요릿집에서 저를 거지에게 시집보내지 않겠다며 울음을 터뜨린 자매들을 떠올리게 합니다. 그녀들, 나의 자매들은 지금 어디에서 무엇을 하며 어떤 모습으로 살아가고 있을까요.

가끔 잠이 오지 않는 밤이면 저는 자매들의 얼굴을 하나하나 떠올리다가 남몰래 눈물을 흘립니다. 그리워해선 안 되는 시절을 종종 그리워하는 나는 참으로 어이없는 사람이기도 하다고 생각하면서요.

딸은 이런 저의 마음과 저의 과거를 까맣게 모르고 있을 것입니다.

하지만 모르는 편이 더 낫겠지요.

3

이혼 후 혼자 지내는 삶은 결코 적적하지 않았습니다. 저는 혼자 지내는 일에 매우 능숙할뿐더러 자주 평온해지기까지 하는 사람이라는 걸 얼마 지나지 않아 깨달았습니다. 하지만 혼자 지낸다고는 하여도 퇴근 후 집에서 그런 시간을 보낼 수 있다는 것이지, 회사에서조차 혼자일 수는 없는 법입니다. 회사에선 늘 타인과 함께 어울려야 하고, 마음에 들지 않는 타인에게도 웃으며 이야기할 줄 알아야 합니다. 특히 회식 자리에서는요.

그날 저는 팀장의 옆자리에 앉아 맥주를 마셨습니다. 팀장은 유독 술자리에서 흥이 넘치는 사람이었는데, 한 명이라도 잔을 비우지 않으면 눈을 부라리며 자리에서 벌떡 일어나 대놓고 성질을 냈습니다. 우리는 그의 눈치를 살피며 빠르게 잔을 비웠습니다. 이혼 후 몇 년 뒤 직장을 옮긴 저는 어떻게든 안정적인 경력을 쌓고 싶었기에 웬만하면 한 회사에 오랫동안 다닐 생각이었습니다. 그곳에 저를 괴롭히는 사람이 있다고 하더라도요. 하지만 술이 약한 제가 슬그머니 술잔을 내려놓을 때마다 그가 벌떡 일어나 저를 지목하는 바람에, 저는 회식 자리에서 적지 않은 스트레스를 받았습니다.

그는 술만 마시면 섹스에 대해 말하는 사람이었습니다. 그것이 성희롱이 될 수도 있다는 걸 그땐 몰랐습니다. 나중엔 알았지만, 그렇다고 해서 그에게 성희롱하지 말아 달라고 요청하기도 애매했습니다. 그는 주로 자신이 좋아하는 영화 이야기를 꺼내며 그 영화에서 가장 인상적인 장면을 말하곤 했는데, 그건 거의 다 정사 신이거나 여배우가 옷을 벗는 신이었습니다. 그는 자신이 한때 영화감독을 꿈꿨으며, 대학 시절엔 에로영화 시나리오를 써서 큰돈을 번 적도 있다고 자랑스레 말했습니다. 그리고 쓰리썸 장면이 나오지 않으면 진정한 예술영화가 아니라는 이상한 말을 참 자주 했습니다. 그때마다 저는 정신과 몸을 분리시켜서 그 자리가 아닌 다른 곳에 있는 상상을 했습니다. 저 역시 영화를 좋아했기에 그가 영화 좋아하는 취향을 내세우며 은밀한 방식으로 음담패설을 하는 것이 너무나 꼴 보기 싫었습니다. 하지만 참았습니다. 꾹 참았습니다.

웨딩 컨설팅 회사에서 일할 땐 회식이 거의 없었고, 있더라도 참석자가 모두 여성이었기에 성희롱이나 성차별적 발언이 발생할 일은 없었습니다. 그러나 회사를 옮기고 난 뒤 기괴한 팀장 밑에서 일하기 시작하면서 그런 일은 불시에 일어났습니다. 점심을 먹다가도 그는 저의 지나치게 마른 몸을 지적하며, 고기 좀 많이 먹어라, 여자가 그렇게 말라서 어떻게 아이를 갖겠느냐고 말하곤 했습니다. 제가 고기를 기피하는 사람이라는 걸 누차 말했음에도 불구하고요. 그는 제가 이혼했다는 사실 역시 알고 있었습니다.

업무 회의를 하다가도 그는 저를 콕 찍어서 문

곤 했습니다. 여성의 성욕은 언제 가장 강해지는
가? 그런 질문은 그날의 회의 안건과 아무런 상관
이 없었습니다. 처음엔 그런 질문을 받을 때마다
아무렇지 않은 척하며, 되도록 담담하고 딱딱하게
답하려고 노력했습니다. 인간으로서 느낄 수 있는
감정은 모두 배제하고, 통계적 사실만 전달하자
그런 마음이었지요. 하지만 그런 저의 태도를 그
는 마음에 들어 하지 않았습니다. 늘 탐탁지 않은
표정을 지었습니다. 나중에서야 그가 원하는 반응
은 얼굴을 붉히며 대답을 회피하는 것이었다는 걸
깨달았습니다.

저와 비슷한 처지에 놓여 있던 선배가 어느 날
저에게 말했습니다.

팀장이 왜 유독 우리한테만 그러는 줄 알아? 요
즘 신입들은 잘못 건들면 난리가 나거든. 어찌나
똑 부러지게 자기 생각을 말하는지 살벌해서 말문
이 막힐 정도야. 근데 우리처럼 80년대 초반에 태
어난 여자들은 말이야, 나도 그렇지만, 우리는 그
런 농담에 수줍은 반응을 보이게끔 학습되어 있잖
아. 자기는 안 그랬어? 나는 이제까지 15년 동안

직장생활을 하면서 수줍은 척 웃고 넘긴 적이 너무 많아. 자기도 그러지 않았어?

저는 어떻게 대답해야 할지 몰라 조용히 입을 다물고 있었습니다.

과거에 일했던 웨딩 컨설팅 회사는 수줍은 미소 같은 것은 전혀 필요 없는 곳이었습니다. 여성들 사이에서 그런 태도는 좋은 평가를 받지 못하는 법입니다. 저는 그제야 여성들만 근무하는 직장에선 누구도 학습된 여성으로서의 역할을 서로에게 강요하지 않았다는 걸 깨달았습니다. 우리는 모두 '직원'일 뿐이었지, 누구도 '여성 직원'이지는 않았습니다.

저는 매일 아침 출근할 때마다 바다로 도망치는 상상을 했습니다. 지하철을 타고 회사로 향하면서 누군가 지하철을 통째로 납치해주었으면 하는 상상까지 했습니다. 그러나 그건 일어날 수 없는 일이었기에 현실적인 해법을 찾아보기 시작했습니다. 팀장으로부터 받는 스트레스를 풀 만한 적당한 취미가 필요했습니다. 저는 혼자 지내는 주말마다 요리를 해볼 생각으로, 더불어 회사에 점심

도시락을 싸 가서 팀장의 괴상한 잔소리에서 해방될 생각으로 밑반찬 요리반에 등록했습니다. 여성취업지원센터에서 운영하는 강좌였기에 대부분의 수강생이 여성이었고, 수강료가 매우 저렴한 편이었습니다.

저는 그곳에서 같은 조에 속해 있던 두 명의 언니와 친해졌습니다. 언니들은 서로 상반되는 성격과 말투를 갖고 있었습니다. 소연 언니는 수강생들 중에서 키가 가장 컸는데, 목소리는 지나치게 작고 말투가 나긋나긋해서 귀 기울여 듣지 않으면 목소리가 잘 들리지 않았습니다. 소연 언니는 요리 과정이 복잡한 메뉴를 만들 때에도 결코 서두르는 법이 없었으며, 행여 실수라도 하면 얼굴을 붉히며 작게 웃을 뿐이었습니다. 영석 언니는 소연 언니와 정반대였습니다. 목소리가 지나치게 컸고, 매사에 툴툴거렸습니다. 실수를 해도 자기 방식이 옳다고 끝까지 우겼습니다. 그러나 저는 어쩐지 잘 웃고 크게 떠드는 영석 언니가 좋았기에 자주 말을 붙였습니다. 소연 언니가 우리의 대화를 가만히 듣고 있다는 걸 알아챈 뒤엔 소연 언니에게도 말을 자주 걸었습니다. 영석 언니는 개명을 했다는데, 원래 이름이 뭔지는 알려주지 않았습니다. 무척 마음에 들지 않았다는 말만 했습니다. 소연 언니와 저는 개명 전 이름이 뭔지 짓궂게 묻는 사람들이 아니었습니다.

우리가 친해진 계기는 술자리였습니다. 회식 자리에서의 스트레스를 풀기 위해 요리반에 등록한 저는 뜻밖에도 언니들과의 술자리에서 큰 위로를 받았습니다. 언니들은 저보다 그리 나이가 많지 않았지만, 저를 어린 동생 대하듯이 했습니다. 특히 영석 언니가 저를 그렇게 대했습니다. 나중엔 소연 언니에게도 언니 시늉을 했습니다. 둘은 동갑이었지만 소연 언니가 매사에 소극적인 태도를 보여서 그랬던 것 같습니다.

영석 언니는 소주를 좋아했고, 소연 언니는 막걸리를 좋아했습니다. 저는 어떤 술이든지 간에 금세 취해버려서 좋아하는 술이 없었습니다. 저는 안주를 좋아했습니다. 일주일에 한 번씩 요리반 수업을 들었는데, 그때마다 우리는 약속이나 한 듯 수업이 끝나면 다 함께 술집으로 갔습니다.

나중엔 저렴한 민속 주점을 발견해 그곳만 갔습니다. 처음엔 예의를 차리느라 그랬는지 아무도 취하지 않았지만, 나중엔 점차 서로에게 느끼는 거리감이 좁혀지면서 자기 주량대로 마시고 취하기 시작했습니다. 영석 언니는 프리랜서였고, 소연 언니는 직장인이었습니다. 알고 보니 소연 언니는 결혼을 앞둔 예비 신부였습니다. 저는 제가 이혼했다는 사실을 언니들에게 말하지 않았습니다. 그러다 보니 결혼한 적이 있다는 사실도 숨기게 되었습니다.

어느 날, 술에 취한 영석 언니가 자기는 남자가 싫다고 말했습니다. 갑자기 그런 말을 해서 우리는 깜짝 놀랐습니다. 우리는 남자가 왜 싫은지 묻는 대신 잠자코 이어질 말을 기다렸습니다. 영석 언니가 말했습니다.

내가 오랫동안 짝사랑했던 사람이 있는데, 어릴 때부터 친한 친구 사이였어. 고백하고 싶어서 같이 여행을 가자고 했지. 그랬더니 애가 아무 생각 없이 단박에 그러자고 하는 거야. 방을 하나만 잡을 건지, 두 개 잡을 건지 묻지도 않고 여행을 가자고 하는 거야. 그래서 내가 방을 하나만 잡아놓고 애를 통영으로 데리고 갔어. 낮엔 실컷 놀고, 저녁엔 생굴을 안주 삼아 술을 잔뜩 마시고 둘 다 취해서 숙소로 갔지. 근데 얘가 바닥에서 자겠다고 하는 거야. 나보고 침대에서 자라고 하면서. 내가 그 말을 듣고 얼마나 실망했는지 알아?

저는 크게 웃었습니다. 저는 영석 언니가 저와 참 다른 사람이라는 생각이 들었지만 언니의 건강한 태도가 부럽기도 했습니다. 그렇다고 섹스를 싫어하는 제가 건강하지 못하다는 건 아닙니다. 저는 절대로 그렇게 생각하지 않습니다. 영석 언니가 웃는 저에게, 너 왜 웃니? 하고 묻더니 자기도 크게 웃다가 다시 말을 이어갔습니다.

내가 자려고 침대 위에 누웠는데, 잠이 오겠니? 정말 잠이 하나도 안 오는 거야. 그래서 새벽까지 말똥말똥한 정신으로 누워 있었어. 근데 걔는 금방 잠드는 거야. 어떻게 그렇게 금방 잘 수가 있지? 지금 생각해도 신기해. 조금도 설레지가 않았다는 거잖아. 내가 방을 하나만 잡았다는 걸 개도 아는데, 그것에 대해선 일언반구 없이 그냥 잠만

자는 거야. 내가 진짜 그 밤에 침대에 누워서 오만 가지 비관적인 생각을 다했어. 내가 그렇게 매력이 없나. 별로인가. 내 가슴이 작아서 그런가.

저는 그 지점에서 저도 모르게 손뼉을 치고 말았습니다. 그러자 언니가 아주 쾌활한 말투로, 그래, 너는 내 마음을 이해하겠다, 이렇게 말하고 와하하 웃었습니다. 저는 언니에게 한 번만 더 가슴 얘기를 하면 가만두지 않겠다고 말하는 대신 응, 언니. 우리는 비슷한 몸인데 그것에 대해선 얘기하지 않기로 해, 그렇게 말한 뒤 언니를 빤히 쳐다보았습니다. 언니는 미안, 이라고 얼른 답하더니 다시 말을 이어갔습니다. 소연 언니가 어떻게 되었느냐고 재촉했기 때문이지요. 평소엔 지나치게 작던 소연 언니의 목소리가 그땐 갑자기 커졌습니다.

어떻게 되긴. 아침까지 내처 누워만 있었지. 그러고 있으려니까 걔가 일어나더라고. 개운하다는 얼굴로 일어나더니, 해장하고 돌아가자, 이러는 거야. 내가 얼마나 화가 났는지 몰라. 그래서 이불을 휙 걷고 일어나서 말했지. 너 왜 내가 여행 가자고 했는지 몰라? 그러니까 걔가 한참 가만히 있다가, 왜? 이러고 묻는 거야. 얼굴을 보니까, 애는 알아, 아는 거야. 내가 왜 여행 가자고 했는지 아는데도 시침을 딱 떼는 거지. 그래서 내가 포기했어. 자존심을 포기했어. 그리고 말했지. 내가 너랑 따로 자려고 여기까지 온 줄 알아? 이럴 거면 서울에서 술 먹고 각자 자기 집으로 가서 잘 것이지 뭐 하러 통영까지 왔어? 넌 정말 나한테 아무런 감정이 없어?

영석 언니는 거기까지 말하고 말을 멈췄습니다. 소연 언니가 안달하며 물었습니다.

그래서? 그래서 어떻게 됐어?

영석 언니는 그게 뭐가 궁금하냐는 듯이 손을 휘휘 젓더니 소주를 한 잔 들이켰습니다.

어떻게 되긴. 잤지. 잤어. 그날 아침에.

우리는 동시에 놀란 표정을 짓다가 소리 없는 박수를 보냈습니다. 영석 언니는 뒤늦게 씁쓸한 표정을 지으며 말했습니다.

근데 별거 없더라. 너무 별것 없었어. 진짜 아무렇지도 않았어.

그러자 소연 언니가, 그게 왜 아무렇지도 않아? 하고 물었습니다. 아주 무구해 보이는 얼굴로요. 영석 언니는 한숨을 푹 내쉬었습니다.

내가 생각했던 게 아니었어. 그냥 그건⋯⋯ 너무 싱거운 일이더라.

저는 영석 언니의 이야기가 이렇게 끝날 줄 몰랐기에 약간 놀랐습니다. 어쩌면 영석 언니가 저와 비슷한 부류의 사람인지도 모르겠다는 생각이 뒤늦게 들었습니다.

그래서 언니는 남자가 싫다는 거야?

영석 언니는 쓸쓸하게 웃더니 고개를 천천히 저었습니다.

말하고 보니까 남자가 싫은 게 아니라, 연애하고 싶은 마음이 들지 않는 게 문제 같아.

저는 연애하고 싶은 마음이 들지 않는 건 결코 문제가 아니라고 했지만, 영석 언니의 표정은 내내 어두웠습니다.

그 뒤로도 우리는 요리 수업이 끝나고 자주 어울려 술을 마셨습니다. 우리의 주량은 술자리 횟수에 비례해 빠르게 늘어갔습니다. 저는 팀장의 강요로 마신 맥주 두 잔만으로도 숙취를 느끼는 사람이었는데, 언니들과 술을 마시면 소주 반 병을 마셔도 두통 없이 말짱한 아침을 맞이하기도 했습니다.

영석 언니와 소연 언니 모두 엄청나게 취해버린 날이었습니다. 소연 언니는 결혼을 두 달 앞두고 불안한 마음을 내비쳤는데, 오랫동안 웨딩 플래너로 일했던 저는 예비 신부의 마음이 어떠한지 너무나 잘 알기에 언니를 열심히 위로해주었습니다.

언니, 신혼여행을 생각해. 결혼의 지난한 과정은 떠올리지 마. 그냥 신혼여행만 생각해. 그러다 보면 결혼식 끝나고 홀가분하게 비행기 타고 떠나는 순간이 금방 올 거야.

소연 언니는 저의 말에 약간 감동받은 얼굴로, 정말로 그럴까? 하고 물었고, 저는 열심히 고개를 끄덕여주었습니다. 영석 언니는 음흉하게 웃으며 장난기 어린 말투로 말했습니다. 그래, 애 말이 맞아, 신혼여행을 생각해. 첫날밤을 생각해봐. 얼마나 좋겠냐?

그러자 소연 언니가 갑자기 고개를 푹 숙이더

니, 애들아, 그건 진짜 첫날밤이 아니야, 하더니 어머! 내가 왜 이런 말을 하지? 친한 친구들한테도 이런 말은 한 적이 없는데 너무 부끄럽다, 라고 말하면서 얼굴을 붉혔습니다. 저와 영석 언니는 이렇게 순진한 여자는 처음 봤다는 눈빛으로, 당연한 거지, 그게 왜 부끄러운 일이야? 그렇게 말했고, 영석 언니는 짓궂은 표정으로 물었습니다. 너 솔직히 말해봐. 신랑이 네 첫 남자 맞지?

어머! 그걸 어떻게 알았어? 맞아. 그 사람이 내 첫 남자야.

소연 언니는 그렇게 말하더니 얼굴을 더더욱 붉히며 웃기 시작했습니다. 영석 언니는 그런 소연 언니를 연민의 눈빛으로 바라보았습니다. 저는 그런 눈빛 역시 폭력이라는 생각이 들어 시선을 거두었습니다.

소연 언니가 예비 신랑의 전화를 받은 뒤 다급하게 술집을 나가면서 저와 영석 언니는 단둘이 술잔을 기울이게 되었습니다. 시간은 새벽 세 시를 향해 가는데, 술집 주인은 복고풍 댄스음악을 틀어놓고 분주히 주방과 홀을 오갔습니다. 손님은 우리를 포함해 두 테이블밖에 없었습니다. 저는 음질이 좋지 않은 스피커에서 흘러나오는 백지영의 「대시」와 김현정의 「멍」을 들으며 이런 옛날 음악을 이런 새벽에 영석 언니와 마주 앉아 듣고 있으니, 이상하게도 슬프다는 생각이 들었습니다. 영석 언니가 그런 저에게 물었습니다. 말해봐. 너는 어떤 사람이니?

저는 영석 언니가 취한 게 분명하다는 생각이 들어 장난을 쳤습니다.

조금 귀여운 사람이지.

영석 언니는 맞아, 맞아, 하면서 뜻밖에도 고개를 끄덕여주더니 저에게 물었습니다.

너, 나랑 어디 좀 갈래?

택시를 타고 낯선 동네에서 내렸습니다. 온통 불이 꺼진 거리에 점포 한 곳만 환하게 불이 켜져 있었습니다. 간판을 보니 어덜트 숍이었습니다. 오후 여섯 시부터 익일 네 시까지 영업을 한다는 표시가 되어 있는 유리문 앞으로 언니가 저를 이끌고 갔습니다. 저는 언니를 따라 얼결에 가게 안으로 들어갔습니다.

직원은 우리의 얼굴을 보더니 밝은 표정으로 카운터에서 걸어 나왔습니다. 그녀는 영석 언니를 아는 눈치였습니다. 그러나 적극적으로 알은체를 하진 않았는데, 영석 언니를 위한 배려일 수도 있고, 함께 온 나를 의식한 행동일 수도 있었지요.

너 뭐 필요한 거 없어?

언니가 저를 돌아보며 대뜸 물었습니다. 저는 진열대 위에 놓인 물건들을 둘러보았지만 도무지 무엇이 필요한지 알 수 없었고, 앞으로도 영원히 이곳에서 파는 물건들이 필요할 것 같지 않았습니다. 제 몸을 섹스에 사용하지 않기로 결심한 뒤부터 섹스를 연상하게 하는 일체의 것들과 교류를 끊고 있었으니까요. 언니는 그런 저의 마음을 몰랐기에 저의 팔을 잡아끌더니 진열대 위에 있는 물건을 가리켰습니다.

이것 좀 봐.

그것은 콘돔이었습니다. 안에 물을 가득 채워서 마치 줄기에 매달려 있는 가지처럼 진열대 프레임에 매달아놓은 그것은 투명한 콘돔이었습니다. 저는 저도 모르게 손을 뻗어 콘돔의 표면을 만져보았습니다. 결혼생활을 하는 동안 자주 봤던 콘돔과 사뭇 달라서 그동안 기술이 이렇게 발전했단 말이지, 감탄하며 콘돔을 구경했습니다. 역한 고무 냄새도 나지 않았고, 뻑뻑해 보이지도 않았습니다. 한없이 부드러워 보였습니다. 그때까지 일정한 거리를 두고 우리를 지켜보기만 하던 직원이 가까이 다가왔습니다. 그녀는 공작새의 화려한 깃털 같은 속눈썹을 붙이고 있었는데, 커다란 눈을 천천히 깜빡이며 입을 열었습니다.

가장 많이 팔린 상품이에요. 보시면, 나선형 돌기가 있죠? 남성이 피스톤 운동을 할 때 질에서 나오는 윤활액이 밖으로 계속 빠져나오는 구조인 거 아세요? 그럼 질이 마르기 때문에 질염에 걸리기가 쉬워요. 이 콘돔을 사용하면 돌기가 윤활액을 머금고 있기 때문에 질이 건조해질 염려가 없어요.

저는 성행위에 대한 노골적인 설명을 듣고 창피한 마음이 들어 얼굴을 붉혔지만, 직원은 너무나 자연스럽고 당당한 태도로 우리에게 설명을 계속해주었습니다. 그곳에 진열된 여러 가지 콘돔의 특징과 장점 그리고 핑거돔에 대한 설명이 이어졌습니다. 영석 언니와 저는 직원의 설명을 계속 듣기만 했습니다. 다 듣고 나니, 여성의 입장에서 어떤 콘돔을 골라야 하는지 알 것도 같았습니다. 이제까지 콘돔은 피임을 위한 도구일 뿐이었는데, 직원의 설명을 듣는 동안 그것은 원만한 성생활을 위한 도구로 바뀌어 있었습니다. 저는 파트너도 없으면서 나선형 콘돔 한 상자를 집어 들었습니다.

영석 언니는 어느새 바이브레이터와 딜도 코너를 서성이고 있었습니다. 직원이 그쪽으로 가서 사용법을 설명해주는 사이, 저는 진열대 위에 놓인 물건을 천천히 살펴보았습니다. 저에겐 아무런 쓸모가 없는 물건이라는 것도 잊은 채로요. 어쩌면 그런 물건들이 원만한 성생활을 되찾아줄지도 모른다는 기대 같은 걸 품은 건 아니었습니다. 단순한 호기심이었지요. 이런 물건들이 여성의 몸을 배려한 디자인으로 만들어졌을 거라는 생각은 이제껏 한 번도 해보지 않았기에 저는 조금 놀란 상태였습니다.

갈색 유리병에 담긴 오일을 구경하고 있을 때, 직원이 곁으로 다가와 자세한 설명을 해주었습니다. 유기농이라서 먹어도 되는 오일이에요. 전신에 사용 가능하고요.

그러나 그것은 상당히 비싼 가격이었고, 저의 시선은 진열대 아래쪽에 있는 저렴한 오일로 향했지요. 직원이 곧바로 말했습니다. 남성 자위용 오일이에요. 고객님한테는 맞지 않아요.

저는 얼굴을 붉혔습니다. 직원은 피부가 예민한 편인지 물었고, 저는 그렇다고 답했습니다. 그러자 향이 없고, 오가닉 원료로 만들어진 오일을 재차 권했습니다. 그리 많지도 않은 용량이었는데 값은 5만 원이었습니다. 저는 망설이다가 그것을 바구니 안에 넣었습니다. 어느새 제 손엔 바구니가 들려 있었고, 저는 그 안에 콘돔이며 오일 같은 것을 담고 있었습니다. 이것을 무엇에 써야 하나 그런 생각도 조금쯤 하면서요. 그러나 저는 그곳에서 섹스에 꽤 많은 관심이 있고, 그것을 당당하게 드러낼 줄 아는 여성으로 행동하고 싶은 마음이 들었습니다. 그것이 거짓이라는 건 중요하지 않았습니다. 어덜트 숍이라는 공간이 저에게 그런 태도를 요구하고 있었으니까요. 섹스를 주체적으로 즐기는 여성이요.

영석 언니는 딜도 앞에서 한참 동안 고민에 빠져 있었습니다. 저는 언니의 곁으로 다가가 난생처음으로 딜도를 구경했습니다. 색상이 참 다양했습니다. 사이즈도 다양했습니다. 그것이 어떤 용도로 사용되는 것인지는 알았지만 그럼에도 저는 시각적인 공격을 당하는 기분이 들었습니다. 너무나 많은 딜도가 너무나 다양한 형태로 제 앞에 일렬로 놓여 있는 광경을 보았으니까요. 언니의 눈길이 오랫동안 머문 것은 핑크색 딜도였습니다. 크기가 적당했고, 색상 때문인지 덜 위협적으로 보였습니다. 딜도뿐만 아니라 딜도가 담겨 있는 상자도 핑크색이었고, 큐빅과 귀여운 일러스트로 장식되어 있었습니다. 외설적으로 보이지 않게끔 각별한 노력을 기울였다는 것을 한눈에 알 수 있었습니다.

사려고?

고민 중이야.

영석 언니는 딜도를 만지작거리더니 다시 제자리에 놓아두었습니다. 저는 옆 코너로 걸어가 수갑이며 채찍을 구경하고, 가랑이 사이에 구멍이 뚫려 있는 보디 스타킹을 구경하다가 얼결에 남성 전용 존에 발을 들이게 되었습니다. 한 평 남짓한 그 공간은 부스를 세워서 외부와 차단해놓았고, 입구가 매우 작았습니다. 허리를 숙여야 안으로 들어갈 수 있는 구조였는데, 안에 있는 손님의 얼굴을 가려주려는 의도처럼 보였습니다.

부스 안으로 들어가니, 모든 벽면이 애니메이션 여성 캐릭터로 장식되어 있었습니다. 제 눈엔 성인 여성으로 보이지 않는 캐릭터들이었습니다. 가슴이 비정상적으로 부푼 어린 여자아이들로 보였습니다. 노출이 심한 속옷을 입은 캐릭터가 다수였습니다. 저는 그곳을 서둘러 빠져나오려다가 아래쪽 선반에서 하반신만 존재하는 실리콘 인형을 발견했습니다. 그것은 여성의 엉덩이와 성기를 본뜬 것인데, 다른 신체 부위는 없었습니다. 아무리 찾아봐도 존재하지 않았습니다. 오로지 성행위만을 위해 만들어진 인형이라는 것을 알고 깜짝 놀라서 얼른 그곳을 빠져나왔습니다. 1, 2분 정도의 짧은 시간이었지만, 남성 전용 존에서 본 것들은 어덜트 숍에서 파는 모든 물건에 부정한 기운이 담겨 있는 것 같은 기분이 들게 만들었습니다. 그곳은 여성의 욕구뿐 아니라 특정 남성의 욕구도 채워주는 물건을 판매하는 곳이었고, 상업적으론 당연한 상품 구성일지 몰라도 저는 무척 실망스러웠습니다. 판매 직원에 대한 존경심이 희미해져가는 것을 느꼈습니다. 어쩌면 저는 그녀가 여성의 성 해방에 지대한 관심이 있는 여성이라는 착각을 했던 것 같습니다. 그러나 그녀는 단지 상인일 뿐이었습니다.

카운터 안쪽에서 분주하게 뭔가를 정리하는 직원을 바라보았습니다. 그녀의 진한 화장이 제품 사용법을 설명할 때 드러나기 마련인 민망한 표정을 가리기 위한 가면인지, 메이크업 취향인지 궁금했습니다. 그러던 중 저는 카운터 앞에 크게 쓰여 있는 안내문을 뒤늦게 발견했습니다.

─판매 직원에 대한 모든 성희롱을 금지합니다. 특히 사용법을 묻는 질문으로 빙자한 성희롱

을 금지합니다. 판매 직원의 성 경험에 대해 묻는 것을 금지합니다. 그 밖의 모든 신체적 접촉을 무조건 금지합니다.

금지합니다. 금지합니다. 금지합니다. 저는 금지합니다, 라는 단어를 읽을 때마다 그곳에서 일하는 직원들이 얼마나 많은 성희롱을 당했을지 짐작되어 머리가 아프고 가슴이 답답해졌습니다. 차라리 다른 일을 하지, 그런 마음도 들었지만 나선형 콘돔의 장점을 상세하게 설명해주던 모습이 떠오르며 그래도 누군가는 이런 일을 해야 한다는 이기적인 마음이 들기도 했습니다.

영석 언니가 저의 바구니 안에 든 상품을 보더니 그만 가자고 말했습니다. 저는 콘돔을 진열대 위에 다시 내려놓은 뒤 오일만 들고 카운터로 걸어가 계산을 마쳤습니다. 직원은 적립 카드를 만들겠느냐고 묻지 않았습니다. 환불이나 교환 규정에 관해서도 설명해주지 않았습니다. 저는 오일을 핸드백 안에 넣은 뒤 영석 언니와 함께 그곳을 빠져나왔습니다.

거리는 한산했습니다. 새벽 네 시가 넘어가는

때에 거리가 한산한 것은 너무나 당연한 것이었지만, 저는 아직 밤이 끝나지 않은 기분이 들어 영석 언니에게 잠깐만 앉아 있다가 가자고 말했습니다. 거리에 벤치가 없었기에 우리는 연석에 걸터앉아 드문드문 오가는 차량을 바라보았습니다. 이윽고 언니가 말했습니다.

사실 나는 구경만 했지 사본 적은 한 번도 없어.

부끄러워서?

내가 저런 게 필요한 사람이라는 걸 인정하기가 싫어서.

언니는 저에게서 듣고 싶은 말이 있는 것 같았습니다.

언니, 누구나 죄책감 없이 자기 몸을 기쁘게 해줄 수 있어. 그렇지만 기쁘게 해줄 의무가 있는 건 아니야. 그러고 싶지 않으면 그러지 않아도 돼.

언니는 자기 몸에 대해 너무 많은 생각을 하는 것 같았습니다. 문득 언니가 파괴적 자괴감에 흔들리는 10대 소녀처럼 보였습니다. 저의 어머니 역시 아주 가끔 그런 모습을 내보일 때가 있었습니다. 그건 나이를 떠나 누구도 피해갈 수 없는 일인 것 같습니다.

저는 언니의 손을 잡고 힘주어 말했습니다. 섹스는 중요하지 않다고요. 섹스 없이도 잘 살 수 있다고요. 굳이 우리의 몸을 섹스에 사용하지 않아도 괜찮다고요. 그러나 언니는 한참 고심하는 표정을 짓더니, 자기는 좋아하는 사람과의 좋은 섹스를 늘 꿈꾼다고 말했습니다. 그런 생각이 강해질 때는 한숨도 자지 못할 정도로요.

저는 언니의 마음을 이해할 수 없었기에 아무런 대답도 해줄 수가 없었습니다. 그러자 언니가 이번에는 저의 손을 꼭 잡더니 물었습니다.

너, 혹시 불감증인 거야?

저는 그런 게 아니라고 말하려다가 언니의 표정을 보고 입을 다물었습니다. 언니는 어쩐지 절박해 보이는 얼굴로 말했습니다.

종이에 그림을 그려봐. 네 몸을 종이 위에 그리고, 어디가 성감대인지 알아내서 표시해봐. 색연필로 칠도 해보고, 메모도 덧붙이고. 그렇게 놀이를 하는 것처럼 너의 성감대를 알아내는 거야. 진짜 좋은 방법이야. 혼자 못 하겠으면 내가 도와줄게.

저는 언니의 말이 우습게 느껴져서 소리 내 웃었지만 언니는 아주 진지한 표정으로 말했습니다. 그런 방식으로라도 자신의 성감대를 반드시 알아야 한다고요. 파트너가 있다면 파트너와 함께 해보는 게 좋지만, 없다면 혼자서 해도 무방하다고요. 인간은 모두 자신의 성감대가 어디인지 알아야 하고, 그것을 어떤 방식으로 자극해야 하는지도 빠삭하게 알고 있어야 한다고요. 저는 언니의 그런 말들이 귓등을 스쳐 지나가기만 한다는 것을 알리지 않은 채로 잠자코 듣고만 있었습니다. 간간이 속으로 비웃기도 하면서요. 불감증이면 어떻고, 아니면 또 어때. 저는 그런 말을 속으로만 했습니다. 언니가 성감대에 집착한다는 게 갑자기 싫어졌고, 이런 상황에 놓인 제 자신도 싫었습니다. 저는 앞으로 이런 식의 잔소리는 절대로 듣지 않겠다고 결심하며, 마침 지나가는 빈 택시를 향해 팔을 번쩍 들어 올렸습니다. 언니는 제가 인사도 없이 택시에 오르는 것을 멀거니 바라보기만 했습니다.

언니에게 미안한 마음이 들었지만, 저는 그 시

간을 견디고 싶지 않았습니다. 동의를 구하지도 않고 어덜트 숍으로 저를 데리고 들어가, 저에겐 시각적 폭력이나 다름없는 상황을 겪게 한 것이 뒤늦게 싫어졌습니다.

하지만 그런 장소를 모르고 살았더라면, 그건 그것대로 억울한 일이었겠구나 하는 생각이 들어 결국 그 밤의 외출과 언니와의 대화는 제 기억 속에서 지우지 않기로 결정했습니다. 만일 지우기로 했더라도 지울 수 없었을 테지만요.

집으로 돌아와 밤새 한숨도 자지 못했다는 사실은 모두 잊고, 노트를 펴서 영석 언니에게 하고 싶은 말을 적었습니다. 저에겐 그런 습관이 있었습니다. 누군가 싫고 밉고 이해할 수 없을 때마다 그 사람에게 직접 말하는 대신 노트에 적어놓는 습관이요. 주변 인물들이 모두 실명으로 언급된 그 노트는 언젠가 반드시 소각될 운명이었습니다. 저는 영석 언니에게 미처 다 말하지 못했던 속마음을 적어 내려갔습니다.

─영석 언니, 사람들은 섹스를 마음껏 즐기는 게 건강한 삶이라고 말하지만, 나처럼 섹스가 싫

은 사람도 존재해. 나 같은 사람에게 그런 말은 폭력으로 느껴져. 섹스에 내 몸을 사용하고 싶지 않으니까. 좋아하는 사람들을 만나 대화하고, 맛있는 것을 먹고, 아름다운 풍경을 보고, 시원한 맥주를 마시고, 깊은 잠을 자는 것엔 내 몸을 실컷 사용하고 싶지만 섹스엔 사용하고 싶지 않아. 나는 그런 사람이야. 만일 내가 섹스를 한다면, 나하고만 하고 싶어. 내 몸에 상처 입히지 않고, 내 마음을 깊이 짐작할 수 있는 유일한 사람은 나밖에 없으니까.

저는 펜을 내려놓은 뒤 제가 쓴 글을 반복해 읽었습니다. 그리고 그 옆에 '포비아'라는 단어를 슬그머니 적었습니다.

저는 섹스 포비아일까요?

다시 펜을 들어 떠오르는 말을 적어 내려갔습니다.

—영석 언니, 억압과 해방은 하나로 연결되어 있는 뫼비우스의띠인지도 몰라. 억압이 계속되다가 어느 날 전복되어 해방으로 향하지만, 어떠한 종류의 해방은 그것을 원하지 않는 사람에겐 결

국 억압으로 작용해. 나에겐 섹스에 대한 모든 것이 그래. 해방을 어디까지 해방이라고 말할 수가 있는지, 어떤 사람에게 해방이라고 말할 수 있는지, 억압을 어디까지 억압이라고 말할 수가 있는지, 어떤 사람에게 억압이라고 말할 수 있는지, 그런 걸 따지다 보면 해방이 결국 억압과 이어져 있다고 느껴. 언니는 내 말을 이해할 수 있겠어?

저는 그럴 리가 없다는 듯 고개를 저었습니다. 영석 언니는 저를 이해할 수 없을 것입니다.

어쩌면 저는 단지, 소통의 불가능성을 믿는 사람인지도 모르겠습니다.

*

천변을 걸었습니다. 이사한 집 근처에 한강까지 길게 이어진 하천이 있었고, 저는 거의 매일 그곳을 걸었습니다. 회사를 그만두고, 영석 언니와 소연 언니를 잠시 멀리하게 되면서 저는 대부분의 시간을 혼자 보냈습니다. 도서관에서 빌려 온 책을 읽거나 천변을 걸으며 하루를 보냈습니다. 그 시간들은 적적하고 고요했지만 후회스럽거나 슬프지는 않았습니다.

재충전의 시간 같은 건 아니었습니다. 저는 충전되고 싶지 않았습니다. 비어 있고 싶었습니다. 주변 사람들은 저에게 재충전의 시간을 갖는 것도 좋다고 말했지만, 저는 충전되지 않은 채로 시간을 보내고 싶었습니다. 그러나 그런 말은 하지 않았습니다. 그들이 저를 이해할 것 같지 않았습니다. 저 역시 그들을 이해하지 못하긴 마찬가지였으니까요.

천변을 걸으면 저처럼 혼자 걷는 사람들과 마주칩니다. 그들은 팔을 흔들며 열심히 걷거나, 핸드폰에 코를 박고 걷거나, 주머니에 손을 집어넣고 걷습니다. 저는 주머니에 손을 넣고 천천히 걷는 사람이었습니다. 사냥하는 왜가리와 백로, 해오라기와 오리를 구경하며 걸었습니다. 몹시 추운 날에도 물새들은 물속을 걸으며 먹이를 사냥했습니다. 저는 성실한 새들을 볼 때마다 부끄러운 마음이 들었습니다. 목적 없이 하루를 보내는 삶이 갑자기 걱정되었습니다. 그러나 그런 감정은 찰나였습니다. 저는 곧 아무렇지도 않아져서, 이렇게 느슨한 방식으로 살아가는 것도 나쁘지 않겠다고 생각했습니다. 언젠가는 다시 취업 전선에 뛰어들어야겠지요. 그걸 너무나 잘 알기에 이 무용한 시간이 저에겐 참으로 소중했습니다.

약간의 거리를 두고 함께 걷는 부부를 볼 때가 있었고, 팔짱을 끼고 걷는 젊은 남자와 젊은 여자를 볼 때도 있었습니다. 손을 잡고 걷는 젊은 여자와 젊은 여자를 볼 때도 있었습니다. 서로의 몸을 밀치며 웃는 젊은 남자와 젊은 남자를 볼 때도 있었습니다. 여자인지 남자인지 알 수 없는 사람들이 같은 방향으로 눈길을 주면서 걷는 걸 볼 때도 있었습니다. 저는 쌍쌍으로 걷고 있는 사람들을 볼 때마다 외롭다는 생각 대신, 아름다운 것은 모두 순간적인 것이라는 생각을 했습니다. 순간적으로 스치고 지나가는 것들이 가장 아름답다고요. 사랑 역시 순간적으로 스치고 지나가는 과정 같은 것이라는 생각도 했습니다. 사랑은 어떤 이의 일생 전체에 걸쳐서 유지되는 감정이 아니라, 메타

세쿼이아 길을 걸을 때, 거품이 풍성하게 올라간 커피를 마실 때, 명동 시내 한가운데 아름답게 꾸며놓은 크리스마스트리를 볼 때 곁에 가까이 있는 사람과의 사이에 스치고 지나가는 찰나의 것이라고요.

그러나 혼자 있을 때 자신의 내면에서 발생하는 사랑은 그렇지 않습니다. 그것은 스치고 지나가는 것이 아니라 잔잔하게 고입니다. 그러므로 저는 기꺼이 혼자가 되는 편을 선택했던 것입니다.

저는 이제 마흔을 앞두고 있고, 섹스 경험은 너무나 미천합니다. 다양한 섹스를 해본 적도 없고, 그런 욕구도 거의 느끼지 못했습니다. 연인 사이엔 강간이 일어날 수 없다는 생각이 만연해 있던 시절에 애인에게 강간을 당한 적이 있고, 회식 자리에서 선정적인 영화 얘기를 꺼내며 은근한 성희롱을 일삼는 상사의 얼굴에 맥주를 끼얹은 적도 있습니다. 그리고 쓰리섬이 나오지 않더라도 훌륭한 예술영화가 많다고 큰 소리로 외쳤으며, 오랫동안 그날만을 꿈꾸며 외우고 다니던 명화 제목을 줄줄이 말해주기도 했습니다. 예상하지 못한 저의 모습에 모두가 당황했고, 저는 그 다음 날 사직서를 제출했습니다. 팀장은 제가 신경쇠약증에 걸린 것 같다며 정신과 치료를 권했습니다. 마지막 출근길엔 열차에서 성추행을 당했습니다. 신고를 하려는데 곁에 서 있던 남자가 성추행범에게 거친 욕설을 퍼부었고, 성추행범은 사색이 된 얼굴로 열차에서 내려 도망쳤습니다.

저의 어머니 역시 열차를 타고 다니던 젊은 시절에 집요한 성추행을 겪은 적이 있습니다. 젊은 박미복 씨가 옆 칸으로 도망치면 얼른 뒤따라가는 남자가 있었습니다. 젊은 박미복 씨가 기겁하며 다시 옆 칸으로 도망치면, 또다시 끈질기게 따라가서 손을 내뻗는 남자가 있었습니다. 젊은 박미복 씨가 사색이 된 얼굴로 열차에서 내리면, 빠른 걸음으로 뒤따라오며 그녀의 뺨에 입김을 내뿜는 남자가 있었습니다. 젊은 박미복 씨는 늘 도망만 다녔습니다. 이제 젊지 않은 박미복 씨는 도망을 다니라고 말하는 대신, 호통을 치고 화를 내고 경찰에 신고하라고 말합니다. 그러면 도와주려는 사람들이 나타난다고요. 저는 그렇게 하기 전에

도움을 받았습니다. 저를 도와준 남자는 금세 핸드폰으로 눈길을 돌렸고, 고맙습니다, 라고 말하는 저에게 고개를 살짝 저었습니다. 고마워할 일이 아니라는 듯이요.

산책을 마치고 돌아오니 택배 상자가 현관문 앞에 놓여 있었습니다. 발신인은 영석 언니였습니다. 저는 언니가 보낸 크리스마스 선물이겠지 짐작하며, 상자를 품에 안고 집 안으로 들어갔습니다.

퇴사 후 생활비를 아끼기 위해 이사한 집은 여섯 평 남짓한 크기이고, 방과 주방이 분리되어 있지 않습니다. 냉장고는 보일러실에 놓여 있고, 화장실 환풍기 안엔 죽은 바퀴벌레가 누워 있습니다. 그것은 제가 이 집을 처음 보러 온 날부터 지금까지 그곳에 그대로 있습니다. 저는 환풍기를 작동시킬 때마다 서서히 말라가는 바퀴벌레를 떠올립니다. 그것은 언젠가 가루가 되어 파삭, 하고 무너지겠지요. 흔적도 없이 사라지겠지요. 모든 나쁜 일이란 그렇게 사라지기 마련이라고 생각합니다. 손을 대지 못하는 사이에 서서히 풍화하면서 느린 속도로 사라진다고요.

이른 저녁으로 계란 두 개를 삶아 먹고, 오이와 당근을 초장에 찍어서 먹었습니다. 식빵을 두 조각 먹고 나자 어느 정도 허기가 가셔서 그제야 영석 언니가 보낸 택배 상자를 열어보았습니다. 낯설지 않은 핑크색 상자와 손수 제본한 듯 보이는 얇은 시집이 들어 있었습니다. 언니가 보낸 카드도 있었습니다. 펼쳐보니 이런 메모가 적혀 있었습니다.

─환상의 조합. 우리는 몸과 정신 양쪽 다에게 기쁨을 줄 의무가 있어. 너의 말과 달리 우리에겐 그런 의무가 있어.

저는 카드를 접어서 내려놓고 조악한 만듦새의 시집을 펼쳐보았습니다. 첫 줄부터 참 이상했습니다.

'어느 날 혀 위에 클리토리스가 자랐다 나는 그것을 자극하지 않기 위해 조심했지만 결국 그것을 자극해버리면 아무 데서나 황홀경에 빠졌다 이걸 슬퍼해야 하는지 기뻐해야 하는지.'

표지엔 분홍색 혀 위에 돋아난 보라색 제비꽃이 그려져 있었습니다. 제본 방식이 엉성해 몇 번

펼쳐보면 낱장이 모두 분리될 것 같은 책이었습니다. 지은이의 이름은 소영선. 저는 그게 언니의 본명일 거라고 짐작했습니다.

시집을 침대 옆 책꽂이에 꽂아두었습니다. 핑크색 상자는 열어보지 않았습니다. 그대로 옷장 서랍 안에 넣어두었습니다. 그리고 다시 식탁 앞에 앉아 초장을 포크로 찍어서 흰 접시 위에 그림을 그렸습니다. 비쩍 마른 사람을 그리고, 가슴에 불이 붙은 폭죽을 그렸습니다. 얼핏 보면 그것은 연기를 내뿜는 담배처럼 보였습니다.

폭죽이 터지면, 심장은 박살이 날까요. 힘차게 뛰기 시작할까요. 연기를 내뿜으며 서서히 타들어 갈까요.

영석 언니는 우리가 의무를 갖고 태어난 존재라고 믿고 있는 것 같습니다. 도대체 우리에겐 어떤 의무가 있는 것일까요.

어쩌면 끝없이 혼란스러워질 의무가 있는지도 모르겠습니다. 끝없이 생각하고 결론을 내릴 의무가 있는지도 모르겠습니다. 끝없이 반박할 의무가 있는지도 모르겠습니다. 끝없이 연결되어야 할 의무가 있는지도 모르겠습니다.

이 모든 의무가 끝나면, 삶도 함께 끝나는 걸까요.

아마 그럴지도 모르겠습니다. 그러나 그 삶은 시원치 않게 작동되는 환풍기 아래에서 천천히 말라갈 것이기에 아직 저에게는 시간이 남아 있습니다. 어쩌면 파삭, 하고 무너진 뒤에 다시 태어나게 될지도 모르고요. 그럴 거라고 착각하며 살아갈 수 있을지도 모르고요. 제가 그렇게 될 가능성이 있는지는 아직 모르겠습니다.

균열의 고백

선우은실

단 한 번의 고백

'여성과 몸'을 주제로 다루는 이서수의 소설은 독특한 고백 형식을 취하고 있다. 이 소설에서 직접적으로 고백하는 화자는 크게 두 명이다. 1983년생 주인공 '나'와, '나'의 어머니인 1959년생 미복이 그들이다. 두 여성은 자신의 이야기를 시작하기 전에 자신의 '단 한 번의 고백'에 대해 언급한다.

저의 몸과 저의 섹슈얼리티에 대한 이야기를 해보려고 합니다. 이것은 실로 부끄러운 고백이어서 저는 단 한 번밖에 말하지 못할 것 같습니다.

그러니 가만히 들어주세요. (9쪽)

제 이야기를 해도 되는지 모르겠지만, 하지 않을 수가 없을 것 같아요. 모두 저를 오해하고 있는 것 같기에 지금부터 그것을 바로잡으려고 합니다. 다만, 이것은 매우 내밀한 고백인지라 단한 번밖에 말할 수 없을 것 같습니다.

그러니 귀 기울여 들어주세요. (67쪽)

'나'는 "몸"과 "섹슈얼리티"에 대해 고백하겠다고 말하고 미복은 오해를 바로잡으려 "내밀한 고백"을 하겠다고 말하는 데서 약간의 표현 차이가 있긴 해도, 이들의 고백이 기본적으로 조심스러운 것이며 "단 한 번" 수행될 것이란 점에서는 일치한다. 그런데 어째서 '단 한 번'인가. 앞서 이 소설의 키워드로 '여성과 몸'으로 언급했음을 떠올려 질문을 고쳐 적어본다. 어째서 여성이 몸을 중심으로 자신의 역사를 더듬는 고백은 단 한 번, 그것도 매우 주저한 끝에 실행되는가?

소설은 크게 3부 구성을 취한다. '나'가 과거를 고백하는 1부, 미복이 자기 삶을 고백하는 2부, 다시 현재 시점의 '나'로 돌아와 지금의 삶에 대한 이야기가 진행되는 3부가 그렇다. 이중 각 인물이 '몸'으로서 여성 정체성을 부여받는 청소년기를 되짚는 1, 2부에 위의 질문에 대한 응답이 주어져 있다. 그 응답이란 이들이 고백체 형식으로 과거를 재진술함으로써 비로소 삶을 주체적으로 언어화하는 과정에서 자신의 여성성을 외부의 눈으로 보는 것에서 자유롭지 않음이 발설된다는 사실에 기인한다. 남성적 시선에 준거한 신체성으로 여성의 삶이 환원되는 일은 두 인물에게 고통스럽게 성찰되는데, 그것은 마냥 타인에 의해서만 수행되는 일은 아니다. '보편적 규범'의 자장 속에 놓인 두 여성은 외부적 시선을 내재화함으로써 일면 스스로 자신을 신체로 타자화한다. 두 인물이 수행하는 '단 한 번의 고백'은 그저 과거 회상이 아니라 곧 이러한 부자유한 자기 부정적 여성의 역사를 직접 말하는 행위이자 자기 내부의 타자성을 바라보는 일이다.

1, 2부에서 '나'와 미복은 각각의 생애주기 속에서 '여성-신체성'이라는 속성을 어떻게 경험하고 내재화했는지를 되짚는다. 이를테면 '나'는 한평생 마른 몸으로 살아온 여성으로 어렸을 때는 영양이 부족한 마른 몸이자 또래와는 다른 몸이라는 이유로 따돌림을 당했고, 청소년기에는 또래 다수가 겪는 이차성징이 아직 찾아오지 않은 미성숙한 몸으로서 취급되었으며, 성인이 되어서는 남성의 시각으로 기준 삼은 여성적 섹슈얼리티에 미달한 '작은 가슴'(마른 몸)으로 갈음됐다고 말한다. 그때마다 '나'는 주변을 끊임없이 의식하면서 자신의 '다른 몸'이 곧 '틀린 몸'으로 치환됨을 줄곧 경험한다. 이는 단순히 마른 몸에 대한 혐오가 아니라, 여성의 몸이 사회가 제시한 규범의 허용치를 넘어섰을 때 비정상적 여성 정체성으로 위치 지워짐을 드러낸다. 이런 시간이 지속됨에 따라 '나'는 누군가가 직접적으로 자기의 신체에 대해 언급하지 않아도, 스스로 자기의 몸에 대한 타인의 평가를 지속적으로 의식한다. 자신이 이것을 원하지 않음에도 말이다. 타인의 일방적인 시선이 '다양

한 몸'에 대한 사유를 편향적인 것으로 규정함을 알면서도, 그 자장 속에서 그들의 시선을 경유해 자기의 몸을 평가하는 것을 멈추지 못한다. 그러니 '나'에게 자기 몸의 역사를 되짚는 일은 분열적일 수밖에 없다.

한편 미복 역시 신체 중심의 경험을 토대로 여성의 삶을 고백함으로써 자신이 지닌 균열을 본다. 미복이 어렸을 당시 여성은 나이를 불문하고 남성의 성적 쾌락에 바쳐지는 존재로서 암암리에 수긍되고 있었고(마을의 상습 성폭행범이 법적 처벌은커녕 신고조차 되지 않는 상황이 이를 뒷받침한다), 아버지/남편으로 대변되는 가부장의 성역城域에 속해 보호받는 방법으로만 그 위험을 피해갈 수 있었다. 요컨대 미복은 가부장제의 승인 하에야 여성-신체가 온존될 수 있다는 암묵적 합의가 '일반적'이었던 시간을 거치며 성장했다. 또한 그녀는 학교에서 키 크고 날씬하고 성숙한 몸으로서 성인에게 우대받음에 따라 자기의 신체에 자부심을 가지는 동시에, 그것이 곧 성인으로부터의 위협을 초래하는 조건이 될 수 있음을 경험한다. 가령 담임선생의 성추행을 뭔가 잘못되고 불편한 것 정도로 여겼을지언정 이 모든 일이 자신의 신체에 대한 타인의 가치판단에 의해 벌어지는 일임을 막연하게나마 주지한다. '나'가 그랬듯, 여성을 곧 신체로 여기는 사회적 분위기 속에서 자기 신체를 마냥 긍정하지도 완전히 부정하지도 못하는 혼란스러움을 겪으며 미복 또한 성장한 것이다.

두 여성 화자가 이렇듯 원리적으로 동일한 분열적 경험을 했음에도 불구하고, 이 경험은 서로에게 발설되지 않은 듯하다. 어쩌면 그런 탓에 서로의 삶에 대해 자신의 신념과는 다소 다르게 제언하는 모습을 보인다. 자신이 섹스를 거부하는 사람임을 깨달으며 이혼을 결심하는 '나'에게 미복이 "이혼한 여자의 몸으로 어떻게 살아가려고 그러"(65쪽)냐고 말하는 장면이 이에 해당한다. 이 장면은 1부에 해당하는 '나'의 진술에서 청취되는 진술이기에, 언뜻 '나'와 미복의 '여성-신체성'이라는 유사한 정체화의 과정에도 불구하고 좁혀지지 않는 세대 감각을 드러내는 것처럼 보인다. 그러나 곧이어 2부에서 미복의 고백이 이어짐으로

써 이 분열은 다소간 납득될 여지를 지닌다. 두 여성의 분열적 경험의 충돌을 포함하는 것이 소설이 보여주는 균열성이라 할진대, 이로부터 둘 중 누가 더 '각성'했는지 혹은 누가 더 상황을 설득할 만한 타당한 이유를 지녔는지 따져보려는 마음을 좀 더 현명하게 돌아나갈 필요가 있다. 두 사람의 차이 나는 관점과 갈등 관계를 통해 규명해야 할 것은 누군가가 틀린 여성적 관념을 가졌음이 아니다. 그보다는 한 편의 입장을 모조리 부정해야만 세워질 수 있다고 여기는 새로운 가치는 위계와 폭력적 구조의 재생산일 수 있음을 아는 것이다. 이것이 삽화적 양식으로나마 미복의 자기 고백이 등장해야만 했던 이유다.

불일치하는 여성 정체성, 균열의 확장

'나'와 미복을 중심으로 전개된 여성의 자기 정체화 과정의 균열적 경험은 3부에 이르러 동시대 여성의 차이나는 자기 이해로 확장된다. 이혼하고 퇴사를 감행한 이후 '나'는 요리 교실에 다니면서 '소연 언니'와 '영식 언니'와 친목을 쌓는다. 결론부터 말해 이들의 결속은 "소통의 불가능성"(115쪽)을 확인하는 방향으로 흘러간다. 비슷한 연배의 세 여성의 삶이 사회가 제안하는 여성의 생애주기적 사건으로 짐작될 만한 것들로 구성돼 있다는 점에서 얼마간 공유점을 가지지만, 세 인물은 저마다의 삶에 놓인 문제에 대해 다른 입장을 드러낸다. 소연은 남성과의 연애에서 결혼으로 이행하는 단계적 과정이 자연스럽다고 여기면서도 머뭇거리고, 영석은 자기의 섹슈얼리티의 자율적 수행 및 성적 욕망의 충족에 대해 혼란스러움을 겪고 있다. 한편 결혼을 해본 적이 있으며 섹슈얼리티의 전유 자체를 거부하기를 선택하는 '나'는 소연과 영석을 이해하려 노력하면서도 끝내 그것이 불가능함을 막연하게 감지한다. 특히 영석과의 관계에서 이 불화가 두드러진다. 영석이 여성의 성적욕망을 적극적으로 발화함으로써 그에 대한 긍정을 수행하려 한다면, '나'는 자신의 섹슈얼리티적 욕망 자체에 의구심을 품기 때문이다.

이 주제는 2부까지의 주제와 비교하면 다른 차원의 문제처럼 여겨진다. 소설이 전반적으로 여성과 몸에 대한 성찰을 주제 삼고 있음에도 3부에 와서 여성이 성적 욕망에 대한 수용(불가능) 문제가 좀 더 두드러지기에 그렇다. 다만, 1, 2부에서 여성의 삶이 외부적 시선에 따른 신체성으로 규정되는 이데올로기 한복판에 놓여 있음을 경험했음에도 (또는 경험했기 때문에) 그것을 언어화하는 시점과 방식이 다를 수 있음을 알 수 있었듯 3부 또한 그러한 연장에서 이해될 필요가 있다. 유일무이하고 단일화된 정체성으로서 여성을 규정하는 방식을 벗어나고자 한 소설적 전략이 모녀 인물을 건너 '나-소연-영석'의 관계로까지 지속되는 것이다. 비슷한 시대/문화적 맥락 속에 놓여 성장했으며, 다른 세대 여성과의 관계에 비해 좀 더 공통된 경험의 면적이 더 넓다고 여겨지는 여성들 사이에서도 단일화되고 일반화되는 여성의 개념은 성립할 수 없다는 것. 이서수의 소설이 던지는 메시지 중 하나다.

고백이라는 형식

다양성을 존중한다는 것이 봉합되지 않는 균열의 지점을 울퉁불퉁한 채로 남겨놓는 일이기도 함을 이서수의 소설은 줄곧 이야기한다. '나', 미복, 소연, 영석의 삶을 '대안적' 균일함으로 통일시키지 않은 까닭일 것이다. 그럼에도 '나'와 미복 두 인물만큼은 자기 삶에 대해 정확하게 성찰하고 분명한 태도로 언어화하는 것처럼 보인다. 다양성에 대한 성찰로서 '균열'을 이해해볼 때, 어째서 두 인물만큼은 그토록 적확하게 자기 삶을 진단할 수 있었던 것일까? 아니, 그들은 정말로 삶에 대해 한 치 의심 없는 새로운 해석을 해낸 것일까?

소연과 영석이 현재 진행형으로 삶의 모순을 경험하고 있음과 비교할 때, '나'와 미복이 삶을 복기하는 방식으로 말하고 있다는 한 가지 특징과 더불어 그들이 확언하는 듯한 성찰이 일면 자신이 지향하는 것을 배반하고 있음을 떠올려보자. '나'의 이혼과 관련해 "엄마, 나는 내 몸이 아니라 그냥 나야. 나는 내 몸으로 말해지는 존재가 아니라,

내가 행하는 것으로 말해지는 존재"(65쪽)라며 탈-신체화된 여성성을 선언하는 '나'는 '몸'과 '여성'을 분리해내는 데 성공한 것처럼 보인다. 그런데 이 발언에 이르기까지 '몸'의 패러다임에서 빠져나오려고 분투하는 '나'는 정작 그 역사를 성찰하는 과정에서 자신의 역사를 '몸의 역사'로 발음하는 것으로부터 완전하게 자유로울 수는 없다.*

이 발언에 이어 2부에서 한평생 남성적 성적 욕망의 충족을 기준으로 배치된 몸으로 자기 삶이 취급되어왔음을 아프게 성찰하는 미복이 끝내 딸인 '나'에게 "이혼한 여자의 몸" 운운한 것도 마찬가지다. 다시 말해, 이들의 고백은 미완이다. '몸-여성'의 구도를 명확하게 인식하고 이를 벗어나려는 상황에서조차 '몸'으로 자신을 사유하는 것을 경유하고야 마는 고통스러운 영향을 확인하기 때

---

* 결혼 생활에서 요구되는 의무적 섹스를 거부하는 '나'가 "내 몸은 인격이 있어. 내 몸은 존중받아야 해. 내 몸은 나조차 함부로 할 수 없어."(61쪽)라고 이유를 설명하는 장면이 하나의 예가 될 것이다. 여성을 몸의 규율로 욱여넣는 시선을 거부하는 이 말은 아이러니컬하게도 자신을 "내 몸"으로 지칭하게끔 한다.

문이다. 자기를 규정하는 것을 벗어나기 위해 규정하는 바로 그 용어를 돌아 나올 수밖에 없는 괴로움을 마주하는 것이 바로 끝내 미완일 수밖에 없는 균열의 의미다.

그럼에도 이들은 자기 언어로 자기 삶을 고백하고야 만다. 이 소설에서 고백체 형식은 작법상의 특징일 뿐만 아니라, 이 인물이 이런 방식으로 말해야만 하는 캐릭터의 능동성과 연관돼 있다는 뜻이다. '고백'은 여성이 자신의 정체성에 기여한 사회적 맥락을 설명할 수 있는 언어를 가지게 되는 것과 관련돼 있다. 두 여성 화자는 과거에 어떤 일을 체험하되 당시의 감정이나 상황의 의미에 대해 '설명'할 수 없었을지도 모르지만, 후일 그것을 회고하는 시점에 이르러 자기 경험이 의미하는 바를 분명하게 발음할 수 있게 되었기 때문이다.

이러한 고백을 통해 독자는 여성을 신체 그 자체로 환원하는 일련의 경험 한복판에 젠더 억압이 놓여 있음을 목격할 것이다. 다만 이에 더해 여성이 자신에 대해서 스스로 다시 말하게 될 때 어떤 일이 일어나는가를 보는 것 또한 중요하다. 자신이 구체적으로 어떤 억압 속에 놓여 있었는지 언어화할 수 있게 된 현재 시점에 이서수 소설의 여성들은 파괴적 경험을 말끔하게 봉합하지 않는다. 소설 속 여성들에게 몸으로 환원되는 여성 존재의 경험은 그 불합리성을 알게 되는 시기를 기점으로 의식화되되 그 문맥이 완전히 극복되지는 않은 현실 안에서 여전히 균열적인 것으로 남기 때문이다. 자신이 아는 것과 구조가 변화하는 것은 다른 문제이고, 그러한 구체적 현실 속에서 자신을 부정하지 않으면서 사는 것 역시 또 다른 문제이기에 그럴 것이다.

그런 점에서 이 소설의 결말은 희망적이지 않다. 타의에 의해 '사용성'을 증명하거나 부합해야 하는 '몸'으로 한 존재가 의미화되어왔으며, 그것을 알고 난 뒤 그에 대해 거부하며, 다른 선택을 하는 여성에 대해서도 이해하려고 하지만 거듭되는 '소통 불가능성'을 마주하고야 만다. 그러나 이것을 과연 희망 없음이라 단언할 수 있을까? 감히 섣부른 희망을 말하지 않고도 이들이 계속 여성 정체화의 과정 안에서 그 균열의 지점을 견인해 나

가기를 주저하지 않는다는 사실에 시선을 던질 때
이 소설이 더 빛날 것이다.

작가의 말

나는 전해야 할 누군가의 목소리가 있다는 믿음을 품고 한 편의 소설을 완성한다. 이 소설 역시 그러한 믿음에서 출발했다. 그 목소리는 오래전부터 내 안에 고여 있었고, 자라면서 더욱 증폭되었으며, 언젠가 밖으로 뚫고 나오리라는 것을 충분히 예상할 수 있었다.

보부아르는 말했다. 섹슈얼리티는 개인적인 문제가 아니라 정치적인 문제라고. 이 소설의 시작점은 여성의 다양한 섹슈얼리티를 그리는 것이었다. 나는 지금도 이어지는 이야기를 쓰고 있다. 예전엔 어떤 방향으로 가야 할지 알 수 없었지만 이

젠 희미하게 윤곽이 보인다. 서서히 동이 트는 것
처럼.

　다다른 곳에서 변화를 맞닥뜨린다면 기꺼이 반
길 것이다.

이서수

몸과 여자들

지은이 이서수
펴낸이 김영정

초판 1쇄 펴낸날 2022년 12월 25일

펴낸곳 (주) 현대문학
등록번호 제1-452호
주소 06532 서울시 서초구 신반포로 321(잠원동, 미래엔)
전화 02-2017-0280
팩스 02-516-5433
홈페이지 www.hdmh.co.kr

ISBN 979-11-6790-150-7 04810
     978-89-7275-889-1 (세트)

• 책값은 뒤표지에 있습니다.

현대문학 핀 시리즈 소설선 ─────